KB075139

공기주머니

행복연구소

공기주머니

행복연구소

엘라 사리, 안비 지음

RIEN BOOKS

잊힌 아이에게

일러두기

이것은 두 명의 작가가 쓴 하나의 소설입니다.
홀수 장은 엘라 사리가 프랑스어로 쓰고
안비가 우리말로 옮겼습니다.
짝수 장은 안비가 우리말로 썼습니다.

1 율

_ 엘라 사리

어느 날, 신부님이 이런 질문을 했다.

"네가 입양아라는 걸 언제 처음 알았니?"

나는 신부님을 쳐다보고, 그의 하얗고 아름다운
두 손을 쳐다보고, 거의 검은색에 가까운 내 두 손을
쳐다보았다. 이렇게나 손 색깔이 다를 수 있다니.

그보다 참 이상한 질문이었다. 내가 입양아라는 걸
언제 처음 알았냐고? 그걸 모를 수가 있나?

하지만 나는 솔직하게 이야기해도 괜찮을지를 두고
고민해야만 했다. 처음으로 샤를 드골 파리 공항에
발을 디딘 그날을 완벽하게 기억한다고 말했다가 괜히
신부님의 기분을 상하게 하고 싶지는 않았던 것이다.

나는 그날 공항에서 처음 만난 낯선 부부를
'아빠'와 '엄마'라고 부르게 되었다. 하지만 두 사람은 내가
태어나는 것을 본 적도 없는 사람들이었다. 그러니 어째서
불안 발작에 시달리는지, 왜 인도를 떠나는 비행기 안에서
한 번 죽은 뒤 부활한 것처럼 느끼는지는 영영 알 길이
없는 것이었다.

7

두 사람은 인도의 한 수녀원에서 보낸 내 과거를
완벽히 무시했다. 내가 그곳에서 나와 닮은 생김새를
한 아이들과 가족처럼 살아왔다는 사실은 중요하지도
않은 듯했다. 두 사람은 내가 고향에서 누구를 '아빠'와
'엄마'라고 불렀는지, 그곳에서 사랑받았는지 아니면
미움받았는지조차 알지 못했다.

이렇게 남이나 다름없었지만, 결국 두 사람은 나의
'아빠'와 '엄마'가 되었다.

하지만 어떤 식으로든 입양은 내 삶을 바꾸지 못했다.
내게 부모란 여전히 나를 낳아준 인도 부모를 의미했고,
나를 입양한 새 부모는 거기에 더해진 사람들일 뿐이었다.
그렇게 결국 내게는 네 명의 부모, 즉 네 개의 문젯거리가
생기게 된 것이다!

어떻게 하면 이 모든 걸 눈앞의 한가하고 악의 없는
양반에게 설명할 수 있을까? 그에게는 단지 두 명의
부모가 있을 뿐인데! 신부님은 사는 동안 '낳아준 부모를
다시 만날 수 있을까?' 하는 의문을 품는 일 따위는 없을
것이다.

고민 끝에, 나는 신을 섬기는 사람이 만족할 만한
평범한 답을 꺼냈다.

"내가 입양되었다는 걸 알게 된 건, 다시는 진짜
부모님을 만날 수 없을지도 모른다는 걸 깨달았을

때예요.”

새파란 눈으로 나를 쳐다보던 신부님은 그제야 안도한 듯 웃었다. 그의 얼굴에 한없는 온화함이 가득 퍼졌다.

신부님이 내 존재에 관심을 가지기 시작한 것은 성경 수업이 4개월째 이어지던 시점이었다. 그는 의자에서 일어나 딱딱한 빵 한 덩이를 가지고 왔다. 나는 얼떨결에 빵을 집어 들었으나, 그 의도를 이해하지는 못했다. 혹시 내가 텔레비전에 나오는 거지 소년이라고 생각한 걸까?

“어서 먹으렴!”

신부님이 명령하듯 말했다. 실제로 그는 내게 지루함을 견디지 못하고 비둘기에게 빵가루를 던져주는 노인을 생각나게 했다.

“신부님, 왜 저한테 말라비틀어진 빵을 주세요?” 내가 외쳤다. “저는 비둘기가 아닌데요!”

신부님은 누런 치아를 드러내며 크게 웃었다. 그리고 이렇게 말했다.

“딱딱한 빵은 부드러운 빵보다 더 소화가 잘 된단다. 몰랐니?”

그날, 신부님의 사무실을 나서던 나는 자신을 제법 자랑스럽게 여기게 되었다. 지금까지 날 무시하던 신부님이 드디어 ‘어디서 온 지도 모를’ 11살의 율에게 관심을 가지기 시작한 것이었다. 그건 내가 그날 오후

설교 내용을 마음에 새기게 된 계기가 되기도 했다.

'예수님은 영화에 나오는 영웅이 아니다. 그는 공격받은들 반격하지 않으며, 마음이 다친들 증오나 복수로 채우지 않는다. 그는 오직 사랑과 자비 그리고 평화만을 섬긴다.'

그렇게 나는 지난날 어머니의 동전 지갑에서 돈을 훔친 것에 대한 죄책감을 조금이나마 덜게 되었다. 나는 신부님의 사무실과 마주 보고 있는 빵집에서 빵 오 쇼콜라와 바게트를 샀다. 바게트는 언제나처럼 부드러운 속만 파먹었다.

오늘 보니 그 빵집은 다른 많은 상점처럼 문을 닫았다. 지난 월요일에 전염병 비상사태가 선포되며 7차 유행이 시작되었기 때문이다. 사람들의 뇌를 공격하는 바이러스를 피하기 위해 사람들은 모든 문을 걸어 잠근다.

이런 와중에도 학교가 문을 연다는 건 유감이 아닐 수 없다. 수업은 언제나처럼 끔찍하게 지루하고 나를 불안하게 만든다.

학생들은 쥐구멍만 한 개인 부스에 들어가 이어폰과 마이크를 착용하고 컴퓨터 화면을 마주 본다. 온종일 쓰고 있는 마스크 때문에 속이 매스꺼운 건 물론이고, 종종 현기증을 느끼거나 두 뺨이 가려워 긁을 때도 있다.

요즘의 내 성적은 한심하기 짝이 없다. 학습 의지만

잃어버렸다면 다행이라고 해야 할 지경이다. 이번 영어
시험 시간에는 커닝조차 제대로 하지 못했다. 불규칙 동사
목록을 소매에 감춰 두었는데, 답을 확인하기 위해 종이를
살짝 빼내려던 찰나에 감독관이 내 어깨를 붙든 것이었다.
스피커에서는 교실 전체가 울릴 정도로 큰 고함이 터져
나왔다.

"266번 학생, 실격!"

순간 피가 얼어붙기라도 한 듯 꼼짝할 수가 없었다.
다른 학생들의 시선이 내 부스를 뚫고 들어오는 게
느껴졌다. 어째서 나는 항상 옆자리 아이의 답안지를
베껴야만 할까? 어제만 해도 동사 목록을 달달 외우고
있었는데 오늘 아침에는 아무것도 기억해 내지 못했다. 내
암기력은 몇 시간 이상을 버티지 못한다. 나는 배우고 또
잊어버린다. 한쪽 귀로 들어온 것이 반대쪽 귀로 나가는
것이다.

어떻게 내가 프랑스에 온 지 반년 만에 프랑스어를
유창하게 사용하게 된 걸까? 아마 부모님이 부풀려
말한 것일 테다. 내 암기력은 정말이지 형편없으니까.
내가 기억하는 것은 그 누구도 관심을 가지지 않을 법한
것뿐이다.

만일 영국인 부부에게 입양되었다면 영어 공부를
할 일만큼은 없었을 테니, 훨씬 쉬운 인생을 살 수 있지

않았을까?

어느덧 C가에 위치한 집 앞에 도착했다. 동네는 몹시 한적하다. 온종일 내려 쌓인 눈 위에는 발자국이 거의 찍혀 있지 않다. 모두가 잠든 것만 같다. 하지만 이제 고작 오후 다섯 시일 뿐이다.

어디 보자, 거실의 불이 켜져 있군. 오늘은 수요일이니까 엄마가 캘리그래피 화상 수업을 하고 있겠지?

지난주, 엄마는 내 생일을 기념해 프랑스어 시 한 편을 선물해 주었다. 나는 그 시를 내 방 침대 위에 걸었다.

Enfant de Jour, Enfant de Nuit,   12

(낮의 아이, 밤의 아이)

Enfant qui court, Enfant qui fuit,

(달리는 아이, 달아나는 아이)

Des rêves vous chassent, De la vie vous attache,

(당신들을 쫓는 꿈, 당신들에게 메인 삶)

De mille petits néants, sortira l'infini.

(무수한 작은 무無 속에서 영원永遠이 피어날 것)

엄마는 '주현'이라고 쓰는 대신에 '엄마'라고 서명했다. 한국 사람인 엄마는 한국어로 시를 쓴다. 하지만 내

생일을 맞아 엄마는 프랑스어로 시를 쓰는 노력을 해
주었다.

엄마와 아빠는 파리에서 열린 한 전시회에서 만났다.
엄마는 디지털 아트 갤러리에서 작품을 전시하고 있었다.
아빠는 판사 학교를 졸업한 참이었고, 그 전시에서 불이
들어오는 3D 캘리그래피 작품을 구매했다.

지금 두 사람은 서로를 헐뜯는 데 모든 시간을 쓴다.
아빠는 집에 있는 일이 거의 없고, 엄마에게는 늘 일
핑계를 댄다. 그리고 엄마는 아빠의 핑계를 견딜 수 없어
한다. 엄마는 아빠랑 이혼한 다음 한국으로 돌아가려
한다. 곧 제3차 세계대전이 터질 거라고 사람들이 매일
같이 떠들어대는데도 말이다.

내게 진영을 선택해야 하는 날이 온다면, 모든
것을 거부하고 독립을 요구할 것이다. 나는 가족에게
골칫덩어리가 돼 버렸으니까!

나는 미국 정보기관에 취직해서 돈을 많이 벌 것이고,
인도 부모의 문제든, 프랑스-한국 부모의 문제든, 모든
골칫거리에서 벗어날 수 있게 될 것이다. 그게 힘들면
그냥 이름과 주소, 국가를 바꾸고 훌쩍 떠나 버릴 것이다!
그렇게 되면 학교도, 가족도, 딱딱한 빵도 모두 끝이다.

지금 집에 들어가면 영어 시간에 답안지를 베낀
일과 돈을 훔친 일로 잔소리를 듣게 될 것이다. 하지만

아무래도 상관없다. 어차피 엄마와 아빠는 내 삶에
관해서라면 아무것도 이해하지 못한다. 두 사람은 진짜
부모가 아니니까! 그리고 엄마에게 본인의 일에나 신경
쓰라고 말해 버릴 테다!

하지만 어쩐 일인지 엄마가 거실에 보이지 않는다.

"엄마! 엄마!"

아무런 대답이 없다. 거실은 완전히 엉망이 돼 있다.
의자는 뒤집혀 있고 바닥에는 온갖 잡동사니가 뒹굴고
있다. 꼭 한바탕 싸움이라도 난 것 같은 풍경이다. 나는
거실의 양탄자 위에 엎어져 있는 와인병을 줍는다. 그리고
집안 곳곳을 뒤진다. 부엌, 침실, 욕실…… 어디에도
엄마의 흔적은 없다. 어쩌면 개를 산책시키는 건물 뒤의
정원에 있을지도 몰라.

그나저나 강아지 투투는 어딜 갔담? 투투도 사라지고
없다.

그때, 창밖을 보니 안뜰의 그네에 사람 한 명이
앉아있다. 분명 엄마일 거야! 나는 계단을 쫓아 내려간다.
내가 낸 요란한 발소리에 그네에 앉은 사람이 뒤를
돌아본다…… 뭐야, 할머니잖아! 할머니는 완전히 절망에
빠진 사람처럼 보인다.

무슨 일이 일어난 거지? 엄마는 대체 어디에 있는
거야?

"율, 네 부모님이…… 네 부모님이 바이러스에 옮아 격리 시설에 보내졌단다. 그런데 어디로 갔는지도 알 수가 없구나……."

할머니가 지금 대체 무슨 소리를 하는 걸까? 우리는 지난주에 백신도 맞았는데!

"그 사람들이 남기고 간 편지를 보렴." 할머니가 내게 종이를 건네며 말한다. "오늘 아침 치료소로 격리되었다고 적혀 있구나."

말도 안 되는 소리! 할머니는 사람들이 하는 소리는 몽땅 믿어 버리지!

"할머니, 이제 집에 가. 나, 혼자 있을 수 있어. 이제 열한 살이나 됐단 말이야."

할머니와 할아버지는 이 건물의 관리인으로, 일 층에 살고 있다. 하지만 지난달에 할아버지가 돌아가신 이후로 할머니는 외로움을 달래기 위해 틈이 날 때마다 우리 집을 찾는다.

"아가, 나는 이 병이 이토록 큰 재해를 일으킬 줄 몰랐구나!" 그렇게 말하는 할머니의 두 눈에 차츰 눈물이 고인다. "그 많은 젊은이들이 하루아침에 사라진다니!"

차마 할머니를 쫓아낼 수 없었던 나는 최소한 오늘만이라도 할머니가 집에 있을 수 있도록 내버려 두기로 한다. 차라리 잘된 일이다. 나는 집안일을

15

싫어하고 그중에서도 밥하는 걸 가장 싫어하기 때문이다.

다만 한 가지 확실한 것은 지금부터 그 누구도 나한테 이래라저래라 할 수 없게 되었다는 것이다.

부모가 없으니, 문제도 없어!

2 한나

"나는 너희와 달라."

그렇게 말하는 내 목소리는 떨리고 있다. 그건 마치
다른 세계에서 온 목소리처럼 낯설게 들린다. 바다에서
불어오는 까만 바람이 젖은 눈가를 말린다. 내 짧은
더벅머리는 진작에 헝클어졌다. 발밑으로는 달빛을
머금은 파도가 연신 고꾸라진다.

바다는 말이 없고 넓어서 점잖은 느낌이지만, 그건
바다를 잘 모를 때나 가질 수 있는 생각이다. 바다는
말없이도 충분히 시끄럽다. 그리고 이 섬의 표정 없는
아이들과 닮은 구석이 있다. 섬의 아이들은 불평도
불만도 없고, 마마와 파파가 시키는 것은 무엇이든 하기
때문이다.

하지만 그렇다고 우리의 마음이 한없이 고요하기만 한
것은 결코 아니다.

나는 울음을 삼키며 다시 한번 말한다.

"나는 모든 걸 느낄 수 있어. 슬픔도, 그리움도,
기쁨도……."

나는 손가락 끝으로 가슴 사이의 딱딱한 뼈를 만진다.

나는 가슴에서 무언가가 울컥거릴 때마다 가슴 사이의
뼈를 만지는 버릇이 있다.

"사랑도……. 모두 느낄 수 있어."

모래사장에서 무릎을 끌어안고 있던 아미타는
먼바다를 바라볼 뿐 대꾸가 없다.

아미타는 나보다 세 살이나 어린데도, 이럴 때면
꼭 어른처럼 느껴진다. 내가 소란스러운 아이인 반면
아미타는 한없이 조용하다. 아미타는 긴 흑발을 가슴까지
늘어뜨리고, 우물의 바닥처럼 깊고 까마득한 눈동자를
반짝이며 앉아 있다. 아미타에겐 항상 버려진 성에 홀로
남겨져 몇백 년을 산 마녀에게나 보일 법한 쓸쓸한
구석이 있었다.

아미타는 자신이 아름답다는 걸 전혀 알지 못하고,
그 사실은 나를 슬프게 만든다. 섬의 아이들 가운데 그
누구도 본인이 아름다운 존재라는 것을 모른다. 어쩌면
나 같은 돌연변이가 존재하는 것은, 누군가는 이 섬의
아이들이 아름답다는 걸 알아봐 주어야 하기 때문일지도
모르겠다.

아미타가 말한다.

"맞아. 너는 우리와 달라. 네 영혼은 우리처럼
조각나지 않았어. 너는 온전해."

나는 이제 울고 있다. 아미타는 그런 나를 물끄러미

쳐다본다. 이 섬에는 우는 아이가 없다. 그래서 아이가 울때 달래 주어야 한다고 생각하는 사람은 더욱 없다. 이 섬에서 우는 아이는 나뿐이다.

수백 명의 아이들이 살고 있지만, 이곳에는 웃음도 울음도 들리지 않는다. 이곳의 이름은 오렌지 타운이다. 우리는 망망대해에 갇혀 있고, 세상 사람들이 우리를 잃어버린 것인지, 잊어버린 것인지도 알 수 없다.

아미타와 나는 종종 자정이 넘은 시각에 오렌지 타운을 몰래 빠져나와 해변에 온다. 온종일 공장에서 일을 하며 헐거워진 마음을 차가운 바닷물에 담가 다시 팽팽하게 만들어야 하기 때문이다.

발아래로는 여전히 파도가 부서지고 있다. 그것은 먼 곳에서 느리게 오기도, 가까운 곳에서 빠르게 오기도 한다. 같은 모양을 한 파도는 하나도 없다. 하루하루가 조금씩 다른 날인 것처럼, 매번 파도도 모두 조금씩 다른 모양을 한다. 그리고 이 섬도 이렇게 우두커니 같은 자리에 있는 듯하지만, 사실은 매일 손톱만큼씩 어딘가로 떠내려가고 있을지도 모르는 일이다.

"미안해."

나는 왜 사과하는지도 모르면서 아미타에게 사과한다. 그런데 아미타는 이렇게 말하는 것이다.

"네가 특별하다는 이유로 미안해하지 않아도 돼. 네

영혼은 나를 깨끗하게 씻어 줘. 너와 함께 있으면 나는 더
많은 것을 볼 수 있어."

아미타는 영혼의 세계를 여행할 수 있다. 하지만
아미타는 그것에 대해 이야기하기를 꺼린다. 아미타는
딱 한 번, 바다 건너의 세상은 까맣고 냄새나는 영혼으로
가득 찼다고 말해 준 적이 있다. 아미타의 귀에는 밤만
되면 그것들이 울부짖는 소리가 들린다고 한다.

우리는 모두 전쟁과 전염병으로 부모를 일찍 여의고,
병들거나 굶어 죽을 뻔한 아이들이었다. 오렌지 타운이
생긴 것은 5년도 더 된 일이다. 그리고 이곳의 아이들은
마마와 파파라는 새로운 부모를 얻으며, 원래의 가족과
고향을 빼앗겼다. 나는 2년 전 이곳에 왔다. 하지만

아미타는 처음부터 이곳에 있었다. 아미타는 어린 시절에
관해 이야기하는 법이 없다. 내가 아는 것이라곤 이
아이가 인도에서 태어났다는 것이 전부다.

이곳에 온 모든 아이는 영혼 공장에 보내져 영혼의
해체와 재조립 작업을 받는다. 공장에서 나온 아이는
두려움, 외로움, 고통에서 해방되는 대신 기쁨, 행복,
그리움, 사랑의 감정도 잃게 된다. 그렇게 '단단한 존재'로
다시 태어난 아이들은 마마와 파파가 지휘하는 어린이
군대로 거듭난다.

이곳의 아이들은 고향과 집, 가족은 물론 기르던

강아지나 고양이조차도 그리워하지 않는다. 반면 나는
모든 것을 기억하고 추억하고 있다. 아빠의 목소리,
엄마의 냄새, 고양이를 쓰다듬었을 때 볼록하게 솟는 등,
집 현관문을 열 때의 종소리……

이 섬에서 눈을 감고 빛바랜 기억을 더듬는 아이는
나뿐이고, 세상에서 그것보다 더 외로운 사실은 아마 없을
것이다.

해변의 안쪽에는 버려진 돛단배 여러 척이
굴러다닌다. 흰색 페인트가 벗겨져 목재의 속살이 훤히
드러나 있다. 아무래도 처음 이 섬을 지을 때 사람들이
사용했던 것 같다. 굴러다니는 배를 두고도 아이들은
이곳을 벗어날 생각을 하지 않는다. 물론, 저런 작은 배로
그리 멀리 도망갈 수 있을 것 같지는 않다.

아미타가 말한다.

"네 꿈 이야기를 듣고 싶어."

아미타는 내가 들려주는 꿈 이야기를 좋아한다.
나는 깊은 잠이 드는 일이 잘 없다. 대신 긴긴 꿈을 꾼다.
아미타는 '어떤 특별한 이유로' 영혼 공장의 시스템이
내게 영향을 미칠 수 없었기 때문에 순수한 꿈을 꿀 수
있는 것이라고 알려주었다.

그 어떤 이유가 무엇인지, 나는 내내 궁금했다. 어째서
내게만 그런 일이 일어났을까? 왜 나만 슬픔과 그리움을

느낄까? 왜 자꾸만 바다를 건너는 꿈을 꾸는 걸까?

아미타는 때가 되면 모두 알게 될 것이라 말하곤 했다.

'그때까지 너는 스스로 잘 돌봐야 할 거야. 네가 모두의 희망이 될지도 모르니까.'

그 '모두의 희망'이라는 표현은 나를 꿈꾸게 하기도, 두려움 앞에 몰아세우기도 한다.

나는 괜히 오른쪽 귀를 만지작댄다. 이곳에서 우리는 모두 다른 언어를 쓰지만, 한쪽 귀에 부착된 번역기를 통해 대화할 수 있다. 내 번역기는 푸른 불가사리 모양이고, 아미타의 번역기는 검은 나비의 모양을 하고 있다.

나는 노래한다.   22

"그곳엔 검고 깊은 바다가 있지
천 개의 주름을 가진 바다
현명한 척하지만 심술궂어
바다를 숭배하는 파도
고래가 노래하는 곳으로 나를 밀어내네
검고 큰 요정아
등으로 물을 뿜어
집으로 가는 길을 가르쳐 주련······."

하지만 오늘도 바다는 길을 내주지 않고, 잠 없는 바다새는 모든 음표를 꿀떡꿀떡 삼켜 버린다.

3 율   _ 엘라 사리

악몽에서 깨어나듯 아침에 눈을 뜬 지도 3개월이
되었다. 부엌에서 식사를 준비하는 할머니를 보면 심장이
빠르게 뛴다. 내가 또다시 고아가 되었다는 사실을
절감하기 때문이다.

할머니는 우유에 담근 시리얼과 오렌지 주스 한 잔
그리고 요거트를 식사로 내어준다. 엄마와 아빠는 여전히
격리 시설에서 돌아오지 않고 있다.

보건소에서 보내온 편지에는 부모님이 백신을 너무
늦게 접종했기 때문에 병에 걸렸다고 적혀 있었다. 하지만
뭔가 다른 이유가 있을 것이라는 생각을 떨칠 수가 없다.
두 사람이 정확히 어떤 곳에 있는지, 잘 지내고 있는지도
알 수 없다니!

그 사이, 강아지 투투가 집에 돌아왔다. 엄마를 찾아
나섰다가 소득 없이 돌아온 것 같았다. 투투는 현관 앞에
서서 내가 문을 열어줄 때까지 한참을 짖어댔다. 홀쭉하게
마르고 털은 잔뜩 더러워져 있는 투투를 나는 한눈에
알아보지 못했다.

심지어 그 개를 다시 집에 들일지를 두고 조금
고민하기도 했다. 사실 투투는 내 강아지가 아니기
때문이다. 투투는 한 번도 나를 좋아했던 적이 없다.
투투는 엄마밖에 모른다. 어느 추운 겨울날 동네 쓰레기통
근처에 버려져 있던 그 개를 엄마가 발견했기 때문이다.
투투를 처음 본 순간부터 나는 엄마가 나보다 투투를 더
좋아하게 될 것이라는 걸 알았다. 엄마는 언제나 투투를
예뻐하고 장난감과 간식을 사주었다. 정작 나는 젤리나
초콜릿을 마음껏 먹을 수 없는데!

　'단 것은 충치에 좋지 않아.'

　엄마는 지겹도록 그렇게 말하곤 했다. 엄마는 투투를
산책시키고 교육하는 데 한나절을 쓰고도 아까워하지 24
않았다.

　'투투, 앉아! 투투, 일어나! 투투, 손!'

　투투는 경찰견처럼 말을 잘 들었다. 반면 나는 그렇게
온순하지도 않고, 제대로 된 교육을 받지도 못했다.

　처음에 엄마는 나를 한국인 친구들에게 소개해주며
자랑스러워했다.

　'귀여운 아가네! 정말 잘됐다.'

　내 덕에 엄마는 자신이 속한 세상 속에서 반짝반짝
빛날 수 있었다. 하지만 결국에 엄마는 나를 숨기고 싶어
했다. 내가 못나고, 수줍음을 타고, 학교에서 끔찍한

성적을 받아오는 아이로 자랐기 때문이다.

'율은 어떻게 지내? 요즘 잘 안 보이네.'

'5학년을 다시 다니고 있어. 진도를 따라잡으려면 더 많이 공부해야 해서.'

하다못해 작년에 당선된 여자 대통령도 문제가 되었다. 그 대통령 역시 인도 출생으로 프랑스 가정에 입양된 사람이지만, 그 사실 외에 나와 그 대통령 사이에는 아무런 공통점도 존재하지 않는다. 대통령의 모습이 텔레비전에 비칠 때마다 부모님은 그 인도 여성의 아름다운 외모와 중요한 문제들을 논하는 우아한 모습에 홀딱 반해 텔레비전에 코를 가져다 박는 것이었다. 학교에서 부진한 나를 대통령과 비교하며, 두 사람은 아마 뽑기에 실패했다고 생각할 것이다.

"우리나라는 역사상 가장 최악의 위기를 맞이했습니다. 모든 백신을 피해 가는 바이러스도 문제지만, 2년 전부터 나라 전체를 마비시킨 전면전의 위협이 곳곳에 도사리고 있습니다. 격리 기간이 길어짐에 따라 국민 여러분의 고충이 늘어감을 모르는 것은 아니지만, 마지막으로 조금만 더 힘을 내주시길 간곡히 부탁드리겠습니다. 지난밤, 대한민국 서울에 모인 연합군이 우리의 적인 뉴로파시스트들과 협상을 시도 중입니다. 협상이 계획대로 이루어진다면 그토록 바라던

평화를 되찾고 팬데믹 이전의 삶으로 돌아갈 수 있을
겁니다⋯⋯."

할머니는 온종일 텔레비전만 본다. 3시간마다
팬데믹에 관한 뉴스 속보가 나온다. 할머니는 그중에서도
뉴스 속보를 가장 좋아한다.

투투가 돌아왔을 때, 나는 투투를 씻기고 내
침대에서 자도록 해 주었다. 나는 투투를 하루에 두
번씩 산책시킨다. 투투가 아니었으면 아마 집 밖으로
나가지도 못했을 것이다. 격리 기간에는 모든 사람이
집 안에 머물러야 하지만, 반려동물을 키우는 사람은
잠깐씩 산책하는 것이 가능하다. 그런 지침이 내려온
뒤로 점점 많은 개가 사람을 산책시키고 있다. 불행히도,
이런 이유로 대여되고 되팔리던 개들은 격리 조치가 끝날
때면 버려지기까지 한다. 길거리에는 이제 쓸모가 없어진
유기견들이 가득하다.

하지만 나는 다르다. 나는 절대 투투를 버리지 않을
것이다. 그랬다가는 엄마가 너무 슬퍼할 테니까.

게다가 이제 투투와 나 사이에는 큰 공통점이 생겼다.
바로 우리 둘 다 엄마를 기다리고 있다는 것이다.

"어서 먹으렴." 할머니가 말한다. "빈속으로 있으면 안
돼!"

몇 번이나 우유를 소화하지 못한다고 말했음에도,

26

할머니는 도통 내 말을 듣지 않는다. 엄마가 해 주던 한국 음식들이 얼마나 그리운지! 매일 아침, 집 전체에 퍼지던 참기름 향과 군침을 돌게 하는 새빨간 김치……. 나는 그때 국과 반찬을 먹지 않은 것을 후회하고 있다. 아빠는 엄마에게 너무 많은 요리를 만든다고 나무랐고, 나는 흰 쌀밥에 거의 손도 대지 않았다.

다시 생각해 보면, 고향과 가족들과 떨어져서 프랑스에 사는 것이 엄마에겐 힘든 일이었을 것이다. 엄마는 한국에서 아주 유명한 예술가이자 시인이었다. 그러나 이곳에서는 그저 이방인이자, 가족 중 누구와도 피가 섞이지 않은 사람일 뿐이다. 그런 생각을 하면 눈물이 고인다. 하지만 할머니를 속상하게 하고 싶지 않기 때문에, 그럴 때마다 나는 방으로 달려간다. 울고, 울고 또 우는 것 외에는 할 일이 없다.

의료진이라는 사람들이 부모님을 데려가던 날, 아파트에 있는 모든 컴퓨터를 수거해 가는 바람에 나는 몹시 심심해지고 말았다. 대부분 사진이 컴퓨터에 저장되어 있기에, 좋은 순간을 추억할 기록마저 사라진 것이었다. 마치 지난 과거가 통째로 비워진 느낌이다. 남은 것은 이미 닳도록 읽은 서재의 책들뿐이다.

나는 전날 책상에서 발견한 아빠의 수첩을 살펴보기로 한다. 평소라면 아빠의 물건에 손을 대서는 안 되지만,

아빠는 돌아오지 않을 거니까 문제가 되지 않을 것이다.
이 수첩엔 아빠의 비밀이 담겨 있다. 판사인 아빠는
법원에서 어린아이들의 사건을 전담하고 있었다.

아빠의 필체는 정말 끔찍하다! 나는 겨우 제일
앞장에 적힌 것을 읽는 데 성공한다. '잃어버린 아이들의
인신매매에 관한 조사, 2024' 그리고 아빠는 그 옆에
깔때기 모양을 그려두었다. 대체 무엇을 의미하는
것일까?

잃어버린 아이 n°64 : 카티(15세, 러시아 국적, 2022년
프랑스 입국)

카티? 작년쯤 아빠가 집에 데려왔던 그 여자아이잖아.
아빠는 엄마에게 소리쳤다.
'이 아이를 숨겨야 해!'
처음에 엄마는 반대했다. 아빠가 여자친구를
데려왔다고 생각한 것이다. 아빠가 인기가 많은 것은
사실이지만, 아빠는 엄마가 생각하는 그런 것이 절대
아니라고 맹세했다.
'주현아, 부탁할게. 한 번만 나를 믿어 줘. 이 아이는
죽을 위기에 처했다고!'
엄마는 결국 카티를 받아들였다. 사실, 엄마에게 다른

선택의 여지가 있는 것은 아니었다.

'카티는 율의 누나가 될 거야.'

실제로 나는 그 몇 주 동안 외롭지 않게 지냈다. 카티와
놀 수 있었기 때문이다. 카티는 프랑스어를 거의 하지
못했기에, 나는 카티에게 프랑스어를 가르쳐주었다. 그건
정말 재밌는 일이었다.

제일 좋아하는 만화책인 '피프와 헤라클레스'를 읽어
주었을 때 카티는 정말 즐거워했다!

피프와 헤라클레스가 시골길을 산책한다. 두 사람이
자연으로 들어갈수록 몸집이 점점 줄어들더니, 꽃들은
나무처럼 커다랗게 보이고 벌레들은 그들을 쫓는
괴물처럼 보이기 시작한다. 이야기가 끝날 무렵에는 모두
원래의 크기를 되찾고 집으로 돌아간다. 이때 피프가
헤라클레스에게 이렇게 말한다. '우리는 무사해!'

카티는 내게 이렇게 물었다.

"'무사해'가 무슨 뜻이야?'

'그건, 두 사람이 살아 있고, 더는 죽음의 위협이
없다는 뜻이야.'

카티는 눈을 크게 뜬 채로 나를 쳐다보았다.

'나도 고향에 무.사.히. 돌아가고 싶어!'

내게 관심을 보여준 여자아이는 카티가 처음이었다.
그리운 카티…….

오랫동안, 나는 아빠가 어린아이들을 올바른 길로
인도하기 위해 재판장에 선다고 생각했다. 하지만 내가
틀렸다. 이 수첩은 아빠가 전쟁 동안 부모를 잃어버리고
인간의 잔인함으로 인해 고통받는 죄 없는 아이들에게
관심을 가지고 있었다는 걸 알려주고 있다.

아빠는 이렇게 적었다.

이 세계에는 하늘의 별만큼이나 서로 다른 모습을 한
아이들이 있다. 하지만 우리 사회는 마치 아이들에게서
아무것도 배울 것이 없는 것처럼 군다. 결국 그 누구도
아이들이 얼마나 흥미로운 이야기를 품고 사는지, 이
모든 것에 책임이 있는 어른들을 어떻게 생각하는지
알려고 하지 않는 것이다. 과연 우리가 놓친 모든 것을
고려하지 않고 문명사회를 상상하는 것이 가능한가?

아빠의 오랜 부재를 다시 떠올리자, 꼭 담배 냄새를
맡은 것 같은 착각이 든다. 아빠는 매일 담배를 두 갑이나
피웠다. 엄마는 옷에 밴 담배 냄새를 뺄 방법이 없다며
끝없이 불평했다.

나도 담배가 피우고 싶다. 아빠의 책상 위에는 럭키

스트라이크 한 갑이 놓여있다. 딱 한 번만 맛보면 어떨까?

그냥 어떤 일이 벌어지는지 보기 위해서 한 개비만 피우는 거야. 아무도 모를 거야.

담뱃갑 안에는 담배 두 개비가 남아 있다. 나는 사크레쾨르 대성당이 보이는 창문을 연다. 하늘은 놀랍도록 푸르다. 구름 한 점 보이지 않는다. 동네 위를 빙빙 도는 드론에서 나는 벌레의 울음소리 같은 소음만 들린다. 나는 아빠의 겉옷 주머니에서 라이터를 찾는다. 그의 판사복은 잘 다려진 채로 옷장 옆에 걸려 있다. 촉감이 조금 까슬까슬한 천으로 만들어진 옷이다.

그 옷을 보고 있자니, 마치 아빠가 자신의 사무실 벽에 기대고 서서 나를 쳐다보고 있는 기분이 든다. 나는 담배에 불을 붙이며 검은 판사복에게 묻는다.

"아빠의 마지막 유언은 뭐야?"

높은 단상 위에 앉아 있는 판사처럼, 검은 판사복이 내게 말한다.

"죽기 전에 담배 하나 피우고 싶구나."

"좋아. 여기 있어."

나는 아빠에게 담배를 건넨다. 그는 천천히 담배를 피운다. 담배 연기는 천장으로 올라간 뒤 창문을 통해 빠져나간다. 나는 여러 번 담배 연기를 들이마신다. 그러자 마구 기침이 나온다.

"율. 방에 돌아가서 숙제할 시간이다!" 거실 소파에 앉아 있던 할머니가 외친다. "격리 중이라고 해서 진도를 놓쳐선 안 돼!"

나는 창밖으로 꽁초를 던져 버릴까 하고 고민한다. 그보다 차라리 내가 뛰어내려 버린다면? 이제 와 잃을 것이나 있을까? 나는 아빠의 안락의자 위로 쓰러진다. 그리고 어지러울 때까지 의자를 빙빙 돌린다.

그때, 눈앞에 웬 시커먼 그림자가 나타난다. 서서히 모습을 드러낸 그림자의 주인공은 바로 미스터 R이었다!

나는 안락의자에서 튀어나와 아빠의 만년필을 집어 든다. 그리고 그의 수첩에 이렇게 적는다.

미스터 R은 에어캡 제조 공장의 직원이었다. 공장에서의 시간은 느리게만 흘렀고, 그는 무료함으로 숨이 넘어가기 직전이었다. 그런 그가 가진 유일한 목표는 한 시간 동안 최대한 많은 에어캡을 터트리는 것이었다. 지금까지 그가 세운 최고 기록은 무려 235,813개나 되었다!

그러던 어느 날, 새까만 선글라스를 낀 수상한 남자가 미스터 R을 찾아왔다.

"미스터 R, 당신에게 비밀 임무가 주어졌습니다. 세상의 '잃어버린 아이들'을 찾아 무사히 가족들의 품으로 돌려보내 주십시오. 이 임무를 받아들이겠습니까?"

"이보게, 친구. 이제야 나타나다니, 빌어먹을! 이 순간을
평생 기다렸네. 대체 언제 이 쥐구멍에서 벗어나나
싶었는데!"

좋았어. 내 스파이 소설의 주인공은 비참하면서도
웃긴 인물로 그려 주겠어!

4 한나

_ 안비

"사랑하는 어린이 여러분. 좋은 아침입니다. 각자의
자리에서 오전 작업을 시작하세요."

오늘도 숙소 가득 마마의 온화한 음성이 울려 퍼진다.
수백 명의 아이들이 졸린 눈을 비비며 하나둘씩 침대에서
내려오고 있다. 어제 늦게까지 아미타와 해변을 거닌 탓에
몸이 마음처럼 움직이지 않는다.

벽에 붙어있는 인공 창문에서 가짜 햇살이 들어오고
있다. 드문드문 고장 난 창문은 검은 화면에 불과하다.
먹통이 된 지가 일 년이 넘었는데도, 아무도 손을 보지
않고 있다.

창가 근처에 있는 아미타의 침대는 텅 비어 있다.
그리고 아무도 그 위에서 잠들지 않은 것처럼 깨끗하게
정리된 채다. 아미타는 흔적을 남기지 않는 편이다. 마치
내일이라도 이곳을 떠날 사람처럼 항상 가지런하게
주변을 정돈해 둔다. 그 모습을 보면 아미타가 언젠가
나를 두고 떠날 것만 같아 조금 불안한 기분이 든다.
하지만 섬을 먼저 떠나는 건 아마 내가 될 것이다. 열여덟

34

살이 된 아이들은 모두 '어딘가로' 보내지기 때문이다.
나는 어느덧 열네 살이 되었다.

　　내 침대는 언제나 엉망이다. 쓰다 찢어버린 노트
종이로 쓰레기통이 가득하고, 그리다 만 그림으로 침대
옆 간이 서랍은 곧 펑 하고 터져 버릴 것 같다. 침대 밑은
또 어떻고! 그곳은 온갖 잡동사니로 가득하다. 꺼내 쓰는
물건은 없지만 버리는 물건도 없다. 나는 뭐든 쉽게
버리지 못한다. 하다못해 발에 맞지 않는 샌들까지 들어
있다. 발이 커진 탓에 네 번째 발가락부터는 밖으로 튀어
나가고 만다. 나는 그 하늘색 샌들을 신고 해변을 거니는
것을 좋아했기에 아쉽게 되었다.

　　우리가 입는 옷은 계절마다 한 번, 남쪽의 항구로
들어온다. 커다란 배가 헌 옷들을 잔뜩 싣고 와서 밤새
옷을 항구 인근의 공터에 쌓아 둔 뒤 사라진다. 아미타와
나는 배에서 외부 세계의 사람이 내리는 모습을 보기
위해 몇 번이나 항구에 잠복해 보았지만, 번번이
실패했다. 게다가 지난 일 년 동안 헌 옷을 버리고 가는
배는 한 번도 모습을 드러내지 않았다. 우리는 하는 수
없이 서로에게 옷을 물려주기 시작했고, 나는 그 배를
타고 도망치는 상상을 접게 되었다.

　　이곳에서는 자기 공간을 정리하라고 잔소리를 하는
사람이 없다. 홀로그램 경비병들은 유령처럼 복도를

하릴없이 둥둥 떠다닐 뿐이다. 그게 다가 아니다. 자기
전 읽어 주는 책도, 감기 기운이 있을 때 이마를 짚어
보는 부드러운 손도, 밥은 먹었는지 걱정하는 목소리도
없다. 그도 그럴 것이 돌발 행동을 하거나 마마와 파파의
명령을 거역하는 아이가 없기 때문이다. 하다못해
어리광을 부리는 경우도 없다. 무표정의 아이들은
시키는 대로 매일 아침 일어나 시키는 일을 하고 밤이면
잠자리에 든다.

　아침에 눈을 뜨고 가장 먼저 하는 일은 샤워장에
가는 것이다. 팔 안쪽에 새겨진 바코드를 문의 손잡이
아래에 가져다 대면, 삑 소리와 함께 문이 열린다. 개인
샤워부스 안으로 들어간 뒤에는 잠옷과 속옷을 벗어 통
안에 넣는다. 그리고 바닥에 그려진 원 안에 서면, 물과
비누가 사방에서 나오며 순식간에 몸을 씻긴다. 수압이
제법 강하기 때문에, 물줄기가 얼굴을 향할 때면 숨을
참아야 한다. 타이밍을 놓쳤다간 코에 물이 들어와 한참을
괴로워하는 수밖에 없다.

　어렸을 적, 엄마는 비누칠한 내 얼굴을 벅벅 문질러
씻어 주곤 했다. 그 기억을 떠올리면 어김없이 코끝이
시큰해진다. 하지만 이 과격한 샤워 후엔 누구나 코와
눈이 빨개지기 때문에, 조금 운다고 해서 내가 아무 때나
눈물을 뚝뚝 흘리는 돌연변이라는 사실을 들킬 염려는

없다. 그래서 나는 몰래 조금 울고 싶은 날이면, 아침 샤워 시간을 이용하기도 한다.

재밌는 점은, 이 멍청한 샤워 기계가 이는 닦아 주지 않는 것이다. 이는 스스로 닦아야 한다. 하지만 세상에 자의로 양치하는 아이가 몇이나 될까? 이곳 아이들의 치아는 대체로 엉망이다. 입 냄새가 나는 아이들도 많이 있다. 과연 우리가 제대로 된 보살핌을 받고 있긴 한 걸까?

샤워가 끝나면, 아침 식사 자판기 앞으로 긴 줄이 이어진다. 자기 차례가 된 아이는 자판기에 매달 급여로 받는 새끼손톱만 한 유리구슬을 한 알 넣은 다음, 또다시 바코드를 가져다 댄다. 유리구슬은 보통 매달 마지막 날 자루에 한 뭉치씩 담아 준다.

아침밥으로는 나이, 성별, 건강 상태 등에 맞춰 정체 모를 초록색 주스 한 잔과 함께, '성장을 돕고 질병을 예방하고 체력을 보충한다'는 균형 잡힌 영양제가 한 주먹씩 나온다. 약은 파란색, 고동색, 분홍색 등으로 색도 크기도 제각각이다.

그중에서도 분홍색 알약은 너무 커서 한 번에 부드럽게 넘어가는 일이 없다. 짐작건대 그 약은 아마 생리와 연관이 있을 것이다. 첫 생리를 시작한 날부터 분홍색 약이 추가됐고, 그 약을 먹은 뒤로는 단 한 번도 생리를 하지 않았기 때문이다. 덕분에 배도 아프지 않고

피를 흘릴 일도 없어졌지만, 그 약은 여전히 매일 아침 목구멍에 걸려 나를 괴롭힌다. 하지만 나는 목에 걸려 넘어가지 않는 것을 억지로 넘기는 일에는 익숙하다. 사실 그 과정은 울음을 삼키는 것과 닮았다.

우리는 마마와 파파의 감시를 받고 자랐다. 마마는 지상을, 파파는 지하를 주관하는 대영혼들이다. 마마와 파파는 어디에도 없지만 어디에나 있다. 그들은 우리의 모든 것을 꿰뚫고 있다. 아니, '거의 모든 것'이라고 해야 맞을 것이다. 내 머릿속을 꿰뚫어 보는 데엔 실패했으니까.

내 머릿속은 어설픈 부모 놀이에 빠진 인공지능에 복종할 만큼 한가롭지 않다. 그들은 내가 연기를 하고 있다는 것도 알지 못한다. 내가 다른 아이들 속에 섞여 똑같이 행동하는 것만으로도, 내가 이 섬의 유일한 돌연변이라는 것을 알아채지 못하는 것이다.

이곳엔 세 동의 공장과 아이들이 생활하는 거대한 지하 공간이 존재한다. 모든 건물의 벽면은 녹색으로 페인트칠 되어 있고, 옥상에는 정글을 방불케 하는 숲이 조성돼 있다. 분명 마마와 파파가 오랜 시간을 들여 만들었을 것이다. 어쩌다 우리 섬 주변을 지나게 된 배나 비행기가 있다고 하더라도, 아마 어떤 이상함도 느끼지 못하고 지나칠 것이다. 그들의 눈엔 이곳이 작고 시시한

무인도로 보일지도 모른다.

이 섬이 한때 죄수들을 수감하던 감옥이라는
이야기도 있다. 아미타는 섬의 반대편 묘지에 많은
영혼이 살고 있다고 말했다. 아마 죄수들은 망령으로
남아 섬의 반대편에 성을 짓고 살고 있을지도 모른다.
언젠가는 용기를 내 아미타와 함께 섬의 반대편으로 갈
것이다. 죄수니, 망령이니 하는 이야기는 우리를 겁주기
위해 지어낸 이야기일지도 모른다. 어쩌면 그곳에
다른 어린이들이 살고 있을지도 모를 일이다! 어쩌면,
마마와 파파 같은 가짜 어른이 아닌, 진짜 어른들이 살고
있을지도!

아이들은 각자 배정받은 공장에서 아침부터 늦은
오후까지 일을 한다. 불평은 한 마디도 들리지 않는다.
마마와 파파의 말이라면, 아이들은 물에도 뛰어들고
불에도 뛰어들 것이다. 그들이 진짜 우리의 부모도 아닌데
말이다.

제1공장에서는 유아부 아이들이 불량 영혼을
수거하는 작업을 하며, 제2공장에서는 중등부 아이들이
새로운 입주민들에게 마마와 파파의 이념을 싣는 작업을
한다. 나 역시 제2공장에서 일을 한다.

제3공장에서는 청소년기에 접어든 고등부가 외부
세계에 있는 '행복연구소'라는 기관으로부터 새로운

아이들을 '넘겨받는' 일을 한다. 언제부턴가 아이들은
기억에 커다란 구멍이 난 채로 섬에 들어온다. 도대체
무슨 대단한 행복을 연구하기에 그런 걸까? 섬뜩하기
짝이 없다.

나는 제2공장으로 출근하는 도중, 일부러 길을 돌아
제1공장으로 향한다. 아미타가 보고 싶었기 때문이다.

이른 아침인데도 아이들이 몸에서 튀어나오는
형형색색의 불량 영혼 조각을 손으로 잡아채고 있다. 다들
지루하고 피곤한 얼굴이다. 모니터 옆에는 막 섬으로
실려 온 새로운 아이들이 한 명씩 환자복 같은 것을 입고
들것 위에 누워 있다. 모두 깊은 잠이 든 채다. 새로운
주민들은 무인 잠수함에 실려 지하 통로로 들어온다.
매일 열 명에서 많게는 스무 명도 들어오고, 나이는
전부 제각각이지만 보통 7세에서 14세 사이의 아이들이
대부분이다.

나도 더 어렸을 때는 이곳에서 불량 영혼 조각을
수거하는 일을 했었다. 우리 몸에 깃들어 있는 영혼은
사실 나름의 주파수를 가진 일종의 에너지로 만들어져
있다고 한다. 제1공장의 기계들은 영혼 에너지를 손으로
만질 수 있는 물질로 바꾸어 아이들도 쉽게 다룰 수
있도록 만들어 준다. 호기심의 영혼은 파란색, 기쁨의
영혼은 노란색, 사랑의 영혼은 녹색, 그리움의 영혼은

분홍색을 하고 있는데 이 영혼들은 가장 먼저 제거되어야 할 대상이었다.

그중에서 내가 맡은 일은 그리움의 영혼을 수거하는 것이었다. 온종일 분홍색 슬라임 같은 영혼을 수거하고 나면 손에서는 달큰하고 씁쓸한 냄새가 났다.

영혼 조각의 수거 방법은 이러하다.

◉ 심장 인근에서 분홍색 빛이 생성되는 것 같으면 재빨리 손을 뻗어 움켜쥔다.

◉ 손에 넣은 그리움의 영혼 덩어리를 팔뚝만 한 주사기에 옮겨 담는다. (분홍색 덩어리는 대체로 얌전하다. 그것은 뜨겁지도 차갑지도 않고, 아무런 소리도 내지 않으며, 쿡 찌르면 몸을 부르르 떠는 것이 전부다.)

◉ 주사기를 이용해 컨베이어 벨트에 실려 오는 공기주머니에 영혼을 주입한다. (공기주머니는 꼭 깨지는 물건을 포장할 때 쓰는 에어캡처럼 생겼다.)

◉ 컨베이어 벨트를 한 칸 옆으로 이동시킨 뒤, 새로운 아이에게서 똑같은 작업을 반복한다. 이때, 작업은 4인 1조로 진행하며, 각자 담당하고 있는 영혼을 수거한다.

[주의] 호기심의 영혼인 파란색 덩어리는 쉼 없이 진동한다. 기쁨의 영혼인 노란색 덩어리에는 병아리 같은 털이 자란다. 사랑의 영혼인 녹색 덩어리는 뜨겁고

끈적해서 순식간에 손이나 사물에 들러붙는다. (감촉을
익혀 두면 굳이 눈으로 보지 않고도 영혼 조각을 분류할 수
있다.)

　　나는 아이들이 부지런히 작업하는 모습을 바라본다.
저 모니터를 모두 깨부숴 버리면, 그러면 아이들을 구할
수 있을까? 하지만 그다음엔? 우리는 아마 한 시간도
버티지 못하고 마마와 파파, 그리고 그들을 따르는
홀로그램 경비 부대에 잡혀 버릴 것이다. 그들에게
복종하는 수많은 아이는 또 어떻게 따돌릴 수 있을까?
게다가 만일 마마와 파파가 말한 대로 세상이 진짜
종말을 향해 가는 중이라면, 그리움, 사랑, 호기심이나 **42**
행복감 따위는 없는 게 낫지 않을까?
　　텅 빈 눈으로 제1공장 아이들을 쳐다보고 있는
건 나뿐만이 아니다. 이 섬에 온 최초의 어린이 중 한
명이었던 아미타는 이제 제1공장의 감독관으로 일하고
있다.
　　"안녕, 아미타."
　　"아, 한나로구나."
　　아미타는 꿈에서 깬 사람처럼 화들짝 놀라 나를
쳐다본다. 아미타는 저 아이들을 보며 어떤 생각을 하고
있을까?

"아침부터 어쩐 일이야?"

내가 대답한다.

"어제 늦게까지 나랑 이야기해 줘서 고마웠어."

"아니야. 나도 즐거웠어. 거기! 그렇게 멋대로 누르다간 기계가 금방 상할 거야!"

아미타의 외침에 깜짝 놀란 남자아이 하나가 녹색 덩어리를 바닥에 떨어뜨린다. 하필 가장 끈적한 사랑의 영혼이다. 저걸 떼어 내려면 반나절은 족히 걸릴 것이다.

풀이 죽은 아이가 사과한다.

"죄송해요."

아미타는 한숨을 푹 내쉰다.

"참, 한나. 경비 부대에 새로운 캡틴이 왔다는 이야기 들었어? 이름이 뭐라더라."

나는 기억을 더듬어본다.

"캡틴 R."

"맞아. 그런 이름이었어." 아미타가 불현듯 목소리를 낮춰 속삭인다. "꽤 흥미로운 홀로그램이야. 그런데 조금 이상한 점이 있어."

내가 되묻는다.

"어떤 점이 이상한데?"

아미타는 주변을 둘러본 뒤, 이렇게 덧붙인다.

"오늘 아침에 잠깐 마주쳤는데, 그에게서 뭔가를 봤어.

내가 잘못 봤을 수도 있지만 그에게 약간의……."

"약간의?"

"희미한 영혼이 보이는 것 같았는데……."

그때, 집무실의 문이 벌컥 열리며 커다란 키의 한 남자가 등장한다. 그는 휘황찬란한 패턴의 양복을 입고 있다. 중산모자를 벗으며 다가온 그가 우리를 내려다보며 씩씩하게 인사를 건넨다.

"숙녀분들, 인사가 늦었습니다. 나는 미스터 R······ 아니, 캡틴 R입니다!"

5 율 　　　　　　　　　_ 엘라 사리

지금 여기서 뭘 하고 있는지 모르겠다. 분명 모든
것이 잘 돌아가고 있었다. 엄마는 6개월의 긴 부재
끝에 격리 캠프에서 돌아왔다. 수많은 건강한 사람들의
기억을 빼앗아 간다는 전염병도 완벽하게 나았다.
하지만 엄마는 어딘가 달라진 모습이었다. 엄마는 내
이야기를 귀담아듣지 않았다. 하지만 캠프에서 돌아온
이후로는 내가 원하는 건 뭐든 해 주었고, 학교 숙제마저
도와주었다.

투투조차도 이런 상황을 이해하지 못했다. 엄마가
문을 열고 들어왔을 때, 엄마가 자신을 그리워했을 것이라
생각해 엄마에게 미친 듯이 달려들었다. 하지만 엄마는
투투가 무슨 병 걸린 강아지라도 되는 양 몇 번이고
밀쳐낼 뿐이었다. 나는 결국 투투가 엄마를 괴롭히지
못하도록 방에 가둬야 했다.

엄마는 언짢은 얼굴로 이렇게 묻기도 했다.

"정말 이 개를 계속 키울 생각이니, 율?"

나는 뭐라고 답해야 할지 알 수 없었다. 내가 여태까지

투투를 돌본 건 엄마를 기쁘게 하기 위해서였다. 투투는
몇 시간이나 더 문 뒤에서 짖어댔지만, 결국 엄마의
관심을 끌 수 없다는 사실만 깨닫게 되었다.

복슬복슬한 털로 덮인 투투의 등을 쓸어 주며 내가
말했다.

"네 기분 이해해. 나도 겪어 봤거든."

기가 죽은 채로 계속해서 나만 쳐다보는 투투 때문에,
나는 한때 엄마가 투투에게 해 주었던 것들을 그대로
흉내 내게 되었다. 까만 주둥이에 볼 비비기, 목줄을 푼 뒤
바로 긁어 주기, 밥을 줄 때 한국어로 부르기까지…….

"투투야, 밥 먹자!"

격리 캠프에서 돌아온 이후로, 엄마는 더는 한국어를

쓰지 않았다. 몰래 와인을 마시거나, 아름다운 글씨로
시를 적는 일도 없었다. 엄마의 작업실은 정물화처럼
미동도 없이 죽어 버렸다.

어느새 엄마의 유일한 관심은 나와 내 '행복'이 된
듯했다. 하지만 단 한 번도 네 명의 부모님에게서 1순위가
된 적이 없었던 나로서는 이 상황이 어색하게만 느껴졌다.
그동안은 1순위가 되지 못했어도 상관없었다. 그 덕분에
나는 나만의 세계를 지을 수 있었으니까.

솔직히 말하면, 엄마는 점점 더 나를 숨 막히게 하고
있었다. 나는 엄마에게 나를 이제 그만 내버려 두고 몸이

좋지 않은 할머니를 챙기라고 말해 보았지만, 엄마는 내 말을 듣는 시늉조차 하지 않았다. 할머니는 아빠가 어디 있는지 매일 물었지만 엄마의 대답은 한결같았다. 아빠가 집으로 돌아오는 일은 없으리라는 것.

엄마는 결국 할머니를 1층의 집으로 돌려보냈다. 나는 투투를 산책시킬 때면 가끔 할머니 집에 들르곤 했지만 얼마 전, 할머니마저도 기억을 잃는 전염병에 걸려 사라지고 말았다. 분명 엄마가 보건소에 신고했을 것이다. 엄마가 전화로 할머니가 마지막 백신을 맞지 않았다고 누군가에게 말하는 것을 들은 적이 있기 때문이었다. 남을 고자질하는 것은 엄마답지 않았다! 나는 그 뒤로 엄마가 더 이상 같은 사람이 아닌, 엄마인 척하는 로봇이라고 확신하게 되었다.

나는 확실히 해 두고 싶어 엄마에게 물었다.

"엄마, 내 생일에 선물해 준 '방해'라는 시 기억해?"

로봇은 경직된 미소를 띠며 몇 초 동안 갈등하더니 이렇게 대답했다.

"네 방에 걸려 있는 거 말이지? 당연히 기억하지. 네가 항상 집안일을 할 때마다 걸리적거리니까 그런 시를 지었지."

내가 이 질문을 던진 건 다른 이유에서였다. 나는 엄마가 그 시를 옮겨적을 때 몰래카메라로 사진을

찍었었다. 그날 오후, 나는 집안 이곳저곳에 쳐진
거미줄을 살피며 곤충 사진을 찍던 중이었다. 엄마는 와인
한 병을 들고는 '방해하지 마!'라는 말과 함께 작업실 문을
굳게 닫고 들어가, 소리도 없이 시간을 보냈다.

원래는 잠금장치가 달려있던 문이었지만, 엄마가
혼자 일어날 수도 없을 정도로 술을 많이 마셨던 어느 날
아빠가 손잡이를 부쉈다. 그 뒤로, 나는 열쇠 구멍으로
안을 들여다보며 엄마가 잘 있나 확인하게 되었다.

그날, 엄마는 정작 와인병은 열지도 않은 채,
프랑스어로 된 아름다운 캘리그라피를 그리는 데
열중했다. 멀리서 보니 바닷가의 녹색 언덕에 있는 파란
집을 그리고 있는 것처럼 보이기도 했다. 나는 평화로워
보이는 엄마의 모습을 카메라에 꼭 담고 싶어졌다. 나는
조심해서 문을 열어 렌즈에 엄마의 모습을 담기 위해
쭈그려 앉았다. 그러다 그만, 갑자기 중심을 잃고 넘어져
버렸다. 엄마는 깜짝 놀라 제자리에서 펄쩍 뛰었고,
캔버스 위로 붓이 굴러갔다.

'율! 무슨 짓을 했는지 좀 보렴! 이 시를 망쳤잖니…….
하는 수 없지. 이 시 제목을 '방해'라고 지어야겠구나.'

개인적인 사건은 하나도 기억하지 못하는 그 로봇은
우리 엄마가 아니었다. 나는 주변의 물건을 닥치는 대로
집어 던지며 소리를 질렀다.

"당신은 내 엄마가 아니야! 우리 엄마는 어딨어? 내 부모님은 어디 계시지?"

엄마는 놀라운 힘으로 내 팔을 잡은 뒤 내 몸을 흔들었다. 그리고 내 눈을 똑바로 바라보며 이렇게 말했다.

"너 때문에 부모로서의 역할을 완전히 망쳐 버렸어! 나는 과거의 일을 어떻게든 고쳐 보려고 했어. 하지만 이제는 알아. 너를 더 엄격한 시설에 보내야 할 것 같구나!"

엄마가 나를 놓기 무섭게 나는 바닥 위를 사정없이 구르게 되었다. 그리고 엄마는 할머니를 데려갔던 흰옷 입은 사람들을 불렀다. 나는 안간힘을 다해 발버둥을 쳤다. 목뒤에 주삿바늘이 꽂히는 것을 느끼기 전까지…….

그렇게 이 '행복연구소'라는 곳에 오게 된 것이다. 정서적 문제를 가진 아이들을 위한 병원이라는데, 과연 여기는 뭘 하는 곳일까?

아침인 지금, 나는 의자에 앉아 눈을 감은 채 첫 치료를 기다리고 있다. 내 머리에는 헬멧이 씌워져 있다.

가이드 음성이 이렇게 속삭인다.

"안녕, 율. 이제 눈을 떠도 좋아."

가상의 풍경이 펼쳐진다. 나는 허공에 매달려 있고,

주변은 온통 비어 있다. 나는 끝이 없는 우물 속에 던져진 돌멩이처럼 현기증을 느낀다. 고함을 지르려 해 봐도 목에서는 아무 소리도 나오지 않는다.

"율, 집중해. 뭔가 안심이 되는 장면을 떠올려 보렴."

갑작스럽게, 내 주변으로 풍경이 들어찬다. 우리 집의 거실이다. 누군가 소파에 앉아 뿌연 화면의 텔레비전을 보고 있다.

"할머니?"

할머니는 뒤를 돌아보며 방긋 웃는다. 그리고 곁에 와서 앉으라는 손짓을 한다.

할머니는 내게 리모컨을 건넨다.

"율, 어디 같이 볼까?"

나는 버튼을 꾹 누른다. 인도인 부부와 두 명의 어린아이가 나타난다. 부부는 아이들을 수녀원 보육원에 내려놓는다. 영상은 거기서 끊어진다. 내 심장은 북소리를 내며 요란하게 뛰고 있다. 그리고 한 남자가 등장한다.

"안녕, 율! 방금 그건 네 기억 중 가장 오래된 기억이야." 남자가 말한다. "마음 깊숙한 곳에 간직하던 이 불행한 기억 조각을 간직하고 싶니? 아니면 영원히 없애 버리고 싶니? 간직하고 싶으면 1번을, 없애 버리고 싶으면 2번을 눌러."

"근데 당신은 누구세요?"

"나는 행복연구소의 소장이란다. 네가 가진 가장 끔찍한 기억으로부터 너를 자유롭게 해 주려고 왔어."

"기억을 지우면 그 자리엔 무엇이 남는데요?"

"기쁨과 행복한 기억으로 가득 찬 아름다운 어린 시절이 남지."

"아름다운 어린 시절이라……. 그건 어떤 쓸모가 있어요?"

"멋진 미래를 만들고, 용감하고 강한 사람이 되는 데 쓰이지."

"기억을 지우면 혹시 나를 입양해 준 부모님도 잊게 되나요?"

"그럴 필요까진 없어. 그들이 저지른 일들 가운데 일부만 지워버리면 되는 거니까. 예를 들어 언젠가 네 아버지가……."

"싫어요!" 나는 큰 소리로 외친다. "나는 당신이 누군지는 모르지만, 내가 누군지는 잘 알고 있어요. 그리고 난 과거는 하나도 바꾸고 싶지 않아요. 내게는 과거를 간직할 권리가 있어요! 나를 멍청한 아이로 보나 본데, 기억을 지운다는 건 곧 나를 지운다는 거나 다름없어요! 나는 이미 프랑스로 오는 비행기에서 그 일을 겪었어요. 두 번은 용납할 수 없어요!"

"좋아, 율." 소장이 말한다. "그렇다면 1번 버튼을

누르렴. 하지만 네 마음속 깊숙이 박힌 돌덩이들을
간직하고 살겠다니, 안타깝구나. 그것들은 평생 너를
무겁게 짓누를 텐데. 이곳에서는 다른 사람이 될 수 있어.
몸을 바꾸고, 평소에 닮고 싶었던 누군가가 될 수도 있지.
너는 입양해 준 부모가 꿈꾸던 그런 아이가 될 수 있어.
유라시아 아이처럼 되는 거야! 그러면 더는 네 부모와
너의 생김새가 다르다고 말하는 사람이 없겠지. 왜 네가
가족 중 그 누구도 닮지 않았느냐고 묻는 사람도 없을
거야. 율, 다시는 과거가 너를 괴롭히지 못하게 할 수
있단다! 과거는 항상 너를 괴롭혔잖니? 과거 때문에
언제나 앞으로 나아가는 것을 두려워했잖아!"

    "당신이 하는 말은 다 엉터리예요. 나는 방금 본
영상이 조작된 걸 알아요. 그건 현실이 아니야. 인도의
부모님은 나와 내 누이를 버리지 않았어!"

    "의심이 많구나. 어른들의 세상으로부터 버림받은
아이들은 보통 너처럼 굴지. 전염병이 창궐한 지도 이제
오래되었어. 세계 곳곳이 큰 피해를 보았고 그중 인도는
특히 많은 문제를 겪었지. 다들 알다시피 병에 걸린
사람들은 삶의 기준을 잊어버려……. 부모는 사랑하는
자식들이 있다는 것을 잊고 자식을 버리지……. 네
정체성과 기억을 지우고 더 나은 삶을 얻는다면 이득이지
않을까?"

"그렇게 잘 아시는 분이면 직접 해 보는 게 어때요? 부모 없는 아이들을 대신해 결정을 내리는 건 언제나 너무 쉬운 일이죠! 그리고 더 나은 삶을 살게 될지는 누가 알아요? 증거가 있나요? 그리고 어째서 어린이의 기억과 정체성을 지우는 걸 당연하게 여기는 거죠? 어른의 것은 그대로 두면서요? 최악의 범죄자들도 사는 동안 자신의 기억을 간직할 권리가 있잖아요. 하지만 어째서 힘없는 어린이들만 그 어떤 어른도 지나갈 용기를 내지 못하는, 그런 구역질 나는 터널을 통과해야 하는 건데요?"

"그래, 내가 완벽히 네 입장에서 결정을 내릴 수는 없는 거니까……." 소장이 눈을 굴리며 말한다. "어디 보자…… 네게는 어려움에 부닥칠 때마다 도움을 주는 상상의 인물들이 있지 않니? 최근에는 누구였더라? 아, 비밀요원 미스터 R!"

"당신이 미스터 R을 어떻게 알아요?"

"우리는 네 의식을 책처럼 들여다본단다. 미스터 R은 참 흥미로운 캐릭터야. 사실 우리는 그의 복사본을 만들어 '캡틴 R'이라는 이름을 붙여 주었지. 긴히 쓸 일이 있을 것 같아서. 너는 참 재능이 많은 소년이야! 그나저나, 네 비밀요원 미스터 R을 이곳으로 불러 그의 의견을 들어보면 어떨까? 재밌을 것 같은데!"

행복연구소 소장은 내 대답을 기다리는 동안 사무적인

태도로 서류를 정리한다. 할머니는 차가운 두 팔로 나를
껴안는다.

"율, 2번을 누르지 않은 건 잘한 일이야. 어려운
순간들이 있었더라도, 네 이야기는 너의 것이야. 그
누구도 네 이야기를 빼앗을 순 없어!"

"아무렴, 그렇고 말고!"

소리가 들려온 쪽을 보니, 키 큰 남자가 우아한 태도로
걸어 들어오고 있다. 중산모자를 쓰고 검은 정장을 입은
그는 소파 옆 안락의자에 철퍼덕 주저앉는다. 그리고
기다란 다리를 꼬더니 거침없이 리모컨으로 음소거
버튼을 누른다. 당황한 행복연구소 소장이 텔레비전 화면
안에 갇힌 채 화면을 두드리지만, 아무 소리도 들리지
않는다. 나와 할머니는 너무 놀라 말문이 막힌 채로 있다.

김이 몽글몽글 올라오는 찻잔을 든 채로 차를 조금씩
홀짝이던 미스터 R이 말한다.

"율. 내 의견을 듣고 싶니? 당장 여기서 달아나는 게
좋겠어! 그게 내 의견이란다."

화가 난 행복연구소 소장은 더 격렬하게 텔레비전
화면을 두드린다.

"당신이 정말……." 내가 묻는다. "내가 만든 미……
미스터 R인가요?"

"역시 눈썰미가 좋은 친구군! 그렇다면 네가 나한테

췄던 임무도 기억하니?”

“어…….”

“자, 내가 다시 알려주지. 나는 ‘잃어버린 아이들’을 찾아 가족들에게 무사히 돌려보내야 해. 그게 내가 만들어진 이유야!”

“어떻게 그게 가능하죠?”

“네 상상력을 동원하면 뭐든 할 수 있단다, 율! 자, 정신 차려. 이 소굴에서 벗어날 방법부터 찾아야 하니까!”

나는 할머니를 돌아보았다.

“하지만 할머니는요?”

“오, 아가.” 할머니가 대답한다. “나는 신경 쓰지 말렴. 어서 네 부모님을 찾아야지. 너는 그들에게 세상 그 무엇보다 소중한 아이니까.”

일단 이 꿈에서 깨어나야 한다. 1번 버튼을 눌렀는데도 저 구석에서부터 무언가가 내 모든 기억을 빨아당기고 있는 기분이 들고 있기 때문이다. 그 기계가 작동하도록 내버려 둔다면 나 역시 로봇으로 변해 버릴 것이다!

나는 다시 텔레비전 전원을 켠 뒤 채널을 돌리며 최근의 기억을 하나하나 되짚어 본다. 그러던 중, 한 채널에서 용감한 강아지 투투가 나를 태운 구급차를 쫓는 모습을 찾아낸다!

6 한나 _안비

"아미타 양. 안녕하신가. 이쪽은……."

홀로그램 경비 부대의 새로 온 대장이라는 캡틴 R의
시선이 나를 향한다. 나는 팔을 뒤집어 안쪽에 새겨져
있는 바코드를 보여준다. 이곳에선 바코드가 명찰처럼
쓰인다. 사실 홀로그램들은 얼굴을 제대로 인식하지
못한다. 그들에게 중요한 것은 바코드와 등록번호뿐이다.
이런 이유로 나는 언젠가부터 그들을 눈뜬장님으로
생각하고 있다. 그렇게 생각하면 조금도 무섭지 않기
때문이다.

그러나 캡틴 R에게는 홀로그램에서 좀처럼 볼 수 없는
특이한 모습이 보인다. 바코드에는 슬쩍 눈길만 준 그는
줄곧 내 눈을 똑바로 쳐다보고 있다.

그는 별안간 고개를 끄덕이며 이렇게 말한다.

"한나 양? 그래요. 모두 반갑습니다. 반가워요."

그는 이제 아미타에게로 시선을 돌린다. 상대를 모두
꿰뚫어 볼 수 있다고 생각하는 사람의 오만한 시선이다.
나는 어쩐지 그가 조금 무섭게 느껴진다. 아이들을

겁주기 위해 일부러 이런 인물을 만든 걸까? 아니면 진짜 아이들의 더 '깊은 내면'을 들여다볼 수 있는, 고도의 지능을 가진 새로운 종류의 프로그램인 걸까? 설마 그가 벌써 내가 다른 아이들과 다르다는 것을 알아챈 것은 아니겠지?

캡틴이 말한다.

"드디어 정식으로 인사할 기회가 왔군, 아미타 양. 꼭 만나고 싶었네."

아미타가 대답한다.

"마치 저를 이미 아시는 것처럼 말씀하시네요."

캡틴이 대답한다.

"알다마다. 알다마다."

아미타가 묻는다.

"당신은 새로운 프로그램인가요? 여태껏 보지 못한 모습이네요. 꼭 소설 속에서 튀어나온 것 같아요……."

그도 그럴 것이 그의 양복에 그려진 마름모꼴 패턴 때문에 그는 거의 광대처럼 보였다. 캡틴이 대답한다.

"본부인 행복연구소에서 나를 만들 때 여러 가지 시도를 한 것 같긴 하더군. 이곳 아이들을 잘 다루도록 일부러 어린아이가 만든 캐릭터를 차용했다고 들었네. 그 아이는 인도에서 온 어느 조그마하고 땍땍거리는 남자아인데……."

'인도'라는 말에 아미타의 한쪽 눈썹이 치켜 올라간다.

캡틴이 말을 잇는다.

"아미타 양도 잘 알고 있는 사람이지."

순간 아미타의 눈이 햇빛을 받은 듯 반짝거린다.
하지만 오렌지 타운의 아이들이 대체로 그러하듯,
아미타는 감정의 동요 없이 금세 평온한 얼굴을 되찾는다.

아미타의 얼굴에서 나는 파도가 없는 바다를 본다.
수면이 연못처럼 잔잔한 바다. 바람의 소리도 들리지
않고, 물결치는 달의 비침도 없고, 모든 것이 평평하고
미끈거리고 불길한 그런 바다를. 그 바다는 어른들이 만든
세상이다. 그 세상에서 물고기들은 떼를 지어 넋을 기리는
춤을 추고 새들은 백기를 펄럭이고 고래가 흐느낀다.
그런데 어른들은 어디 있는 걸까? 우리를 이런 곳에
가두어 두고······.

아미타가 대답하며, 멀리 떠났던 나의 의식을
제자리로 돌려놓는다.

"저는 고향의 일을 거의 기억하지 못해요. 아주 어렸을
때 이곳에 왔으니까요. 누가 당신을 만들었든 그건 저랑
아무 상관이 없어요. 그나저나 경비 대장이 이곳에는 어쩐
일로 오셨나요."

캡틴이 빙긋 웃으며 대답한다. 이렇게 보니 그리 나쁜
인상은 아니다.

"그냥 인사차 들렀네. 그럼, 일들 보시게나."

아미타와 캡틴 R은 그러고도 한참이나 서로의 얼굴을 쳐다본다. 캡틴이 자리를 완전히 떠난 뒤에 나는 참고 있던 숨을 몰아쉰다. 아미타는 여전히 침착한 모습이다. 성당의 스테인드글라스 창 아래 서 있는 말 없는 무표정의 조각상같이 입을 일자로 꾹 다문 채, 캡틴이 사라진 문을 응시하고 있다.

"아미타가 아는 사람이라니? 저 남자가 지금 무슨 말을 하는 거야?"

하지만 아미타는 대답하지 않는다.

초점을 잃은 아이들이 하늘색 환자복 같은 면으로 된 원피스를 입은 채로 일렬로 앉아 있다. 제1공장에서 갓 도착한 아이들로, 아직 정신이 채 돌아오지 않은 모습이다. 제1공장에서 영혼 세탁을 마치면, 한동안은 다들 얼이 빠진 아이처럼 군다. 그리움, 사랑, 행복, 호기심 등의 영혼을 모두 빼앗겨 버린 아이들은 삶의 모든 낙을 잃어버린 존재처럼, 멍하니 허공을 주시할 뿐이다. 그리고 이곳, 제2공장에서 교육을 받은 후에야 비로소 명령어가 입력된 로봇처럼 따분하고 고분고분한 아이가 된다.

"오렌지 타운에 오신 걸 환영합니다. 저는 여러분의 튜터, 카티입니다."

강당에 선 카티가 신입생들을 앞에 두고 준비한 글을 읽어 내려간다.

"마마와 파파는 바깥세상에서 가족을 잃어버리고 고아가 된 여러분을 구조했습니다. 마마와 파파는 이곳을 지키는 대영혼들입니다. 여러분은 앞으로 나이에 맞는 공장에서 일을 하게 됩니다. 그리고 일을 해서 얻는 급여로 생활할 수 있어요. 마치 어른들처럼요."

아이들은 계속해서 멍하니 카티를 바라본다.

"아직은 조금 혼란스럽겠지만, 곧 적응하게 될 거예요. 우리 모두 처음 이곳에 왔을 때는, 여러 어려움을 겪었어요. 하지만 제1공장에서 여러분의 마음속에 있는 고통과 슬픔을 덜어냈기 때문에 이제는 괜찮을 거예요. 이곳에서 여러분은 아주 씩씩하고 멋진 어린이로 자랄 수 있어요. 책임감 있고, 어른들처럼 울지 않고 자기가 맡은 일을 잘해 내는 그런 어린이로요."

카티는 몇 번이나 '어른들처럼'이라는 표현을 강조한다. 카티는 성질이 사납고, 다른 아이들을 좋아하지 않는다. 카티가 좋아하는 것은 규칙이다. 하지만 자기가 맡은 일은 '어른들처럼' 야무지게 해낸다. 카티는 나의 상사나 다름없어서, 나는 카티 앞에서 언제나 조금 주눅이 들고 만다. 그 아이가 나보다 고작 한 살 많을 뿐임에도 말이다.

한 아이가 손을 들어 질문한다.

"우리는 어떤 일을 하게 되는 거예요?"

카티가 대답한다.

"마마와 파파의 군대가 되는 겁니다."

아이는 들고 있던 손을 내린다. 그리고 옆자리의
아이에게 입 모양으로 '군대?'라고 되묻는다. 카티가
설명을 덧붙인다.

"우리는 마마와 파파에게 충성을 다해요. 그들이
우리를 전쟁과 전염병, 기아와 온갖 재해로 무너져가는
바깥세상으로부터 구조했기 때문에 은혜를 갚는
것이에요."

61   그게 정말 사실일까? 나는 구조되던 당시의 기억을
완전히 잃어버렸다. 이곳의 아이들도 모두 마찬가지다.

카티의 등 뒤로는 커다란 흰 벽이 있다. 그 벽에는
주먹만 한 공기주머니가 다닥다닥 붙어 있다. 바로
아이들의 마음에서 캐낸 반짝이는 영혼들이다.
형형색색의 영혼 조각들은 당장이라도 주인을 찾아
돌아가고 싶은 듯 주머니 속에서 꿈틀거리는 중이다.

나.는.공.기.주.머.니.를.터.뜨.리.는.상.상.을.한.다.

어쩌면 영혼 조각들은 알아서 주인을 찾아갈 것이다.
그 뒤엔 어떤 일이 벌어질까? 모든 아이가 동시에
울음을 터뜨리며 엄마를 찾고, 집으로 돌아가겠다고

아우성치지는 않을까?

어떤 작은 손이 내 바짓자락을 잡아당긴다. 겨우
무릎까지 오는 키의 아이가 나를 올려다본다. 하늘색
원피스를 입고 있는 것으로 보아, 이 아이도 새로 들어온
아이인 듯하다. 아이는 곧 울음을 터뜨릴 것처럼 온몸을
덜덜 떨고 있다.

"엄마한테 가고 싶어요."

나는 너무 놀라 아이의 입을 틀어막는다.

"세상에나!"

순식간에 무수한 생각이 머릿속을 스친다. 이 아이도
나처럼 돌연변이인 걸까? 제1공장의 영혼 세탁 작업이
먹히지 않은 걸까? 전산상의 오류인가? 대체 뭐지?

아이가 울먹이기 시작하자, 뒤늦게 그 상황을 목격한
카티가 우리 쪽을 쳐다본다. 아이가 내 쪽으로 돌아서
있는 덕분에, 우는 것을 들키지는 않는다.

카티가 외친다.

"거기 N-286번! 아직 자리를 이탈해선 안 돼!"

나는 아이를 품에 안은 채 카티에게 답한다.

"얘가 화장실이 가고 싶나 봐. 내가 데려갈게."

카티는 마음대로 하라는 손짓을 한다. 나는 아이를
품에 안은 채로 빠른 걸음으로 화장실로 향하는 척,
자리를 벗어난다.

"아미타에게 데려가면 뭔가 방법이 있을지도
몰라⋯⋯."

품 안에 아이가 애원한다.

"엄마한테 가고 싶어요⋯⋯."

"조용히 해야 해, 아가야. 네가 돌연변이인 걸 들키면
무슨 짓을 당할지 몰라."

나는 복도를 달리기 시작한다. 우리는 복도 끝에서
정찰을 돌던 경비 두 명을 마주친다. 나는 급하게 몸을
돌려 가장 가까이 있는 세탁실로 몸을 숨긴다. 아이를
바닥에 내려놓고 보니, 짧은 머리를 하고 있어 몰랐는데
여자아이였다.

"이름이 뭐야?"

"앤."

"몇 살이야?"

"6살."

"내 말 잘 들어. 이곳에선 절대 남들 앞에서 눈물을
보여선 안 돼. 그러면 너를 잡아갈 거야."

앤은 아랫입술을 꽉 깨문 채 고개를 끄덕인다.

"내가 방법을 찾아볼게. 내 친구 아미타라면 뭔가
생각이 있을지 몰라. 밖은 위험하니까, 너는 여기서
기다리는 게 좋겠어. 카티한테는 네가 배탈이 나서
의무실에 갔다고 대충 둘러대면⋯⋯."

그때, 문이 벌컥 열린다.

"카티한테는 대충 둘러댈 필요가 없겠어."

그곳에는 카티가 싸늘한 얼굴로 우리를 내려다보고 있다.

"카티……."

"한나, 너는 규칙을 위반했어."

"하지만 이 아이, 잘못한 게 없어. 제1공장에서 뭔가 실수가 있었거나, 그랬을 거야……."

"공장에서는 실수가 일어날 수 없어. 모두 마마와 파파의 엄격한 전산 시스템 하에 통제되고 있으니까. 저 아인 그냥 돌연변이인 거야. 이곳의 기술이 듣지 않는, 마치…… 너처럼 말이지."

카티의 말에 나는 너무 놀란 나머지 잠시 숨이 멎는 듯하다.

"너, 그걸 어떻게……."

"나는 너를 모르는 척해 줬어. 이 일은 모두 네가 자초한 거야. 이제 경비를 불러 마마와 파파에게 이 사실을 알려야 해. 어쩔 수 없어."

"카티, 제발."

카티가 대답한다.

"미안해, 한나. 규칙은 규칙이야."

7 율 _ 엘라 사리

'이 악몽에서 깨어날 방법이 없다면 어떻게
행복연구소에서 도망칠 수 있을까?'라고 생각하기 무섭게
미스터 R이 한쪽 눈썹을 올린 채로 나를 빤히 쳐다본다.
마치 내 머릿속을 들여다보는 것만 같다. 그는 찻잔을
거실 탁자 위에 내려놓고 꼬고 있던 다리를 푼다. 이제
보니 작은 코끼리들이 그려진 양말을 신고 있다.

"네 부모님을 찾는 임무를 수행하기 위해 인도에
갔을 때 산 거란다." 그는 아무렇지도 않다는 듯 말한다.
"그보다, 네가 지내던 보육원을 찾았는데, 함께 가보지
않으련?"

부모에게 버려진 아이가 굳이 과거를 헤집고 다닐
이유가 뭐가 있단 말인가? 나는 할머니의 차디찬 손을 꼭
붙든다.

"할머니를 여기 혼자 두고 가고 싶지 않아. 내가
돌아가고 싶은 곳이 있다면, 할머니가 세상을 떠나던 날로
가서 손을 잡아주고 싶어……."

그렇게 말하고 나자 눈물이 핑 돈다. 할머니는 내

눈물을 닦아주며 이렇게 말한다.

"율, 네 잘못이 아니란다. 전염병 때문에 누가 죽어도 애도를 표하지 못하고 있잖니. 그리고 애야, 나 역시 세상을 떠난 뒤로 후회한 것이 있단다."

할머니의 눈에도 눈물이 고여 있다.

"네가 그토록 힘겨운 날들을 보내는 동안, 더 많이 곁에 있어 주지 못한 것이 안타깝구나. 부모님과 문제가 있다는 건 알고 있었지만, 그토록 외로움을 느끼는지는 알지 못했지! 율, 나를 용서하렴. 너는 몇 번이나 구조 신호를 보냈지만, 그걸 알아채지 못했어!"

할머니는 나를 얼음장처럼 차가운 품속에 꼭 끌어안는다. 이 기묘한 가족으로부터 사랑을 느끼는 것은 이번이 처음이다. 가상 세계의 마법이 바로 이런 게 아닐까? 몸에 삽입한 장치를 통해 현실 세계에서 기대할 수 없는 일을 경험하게 해 주는 것 말이다. 나는 더는 이 프랑스라는 나라에도, 부모님에게도, 사회에도 부담스러운 존재가 아니다. 나는 어깨에 짊어지고 있던 짐을 내려놓고 훨훨 날아갈 수 있다. 인도의 가족을 찾은 다음, 진짜 내가 누군지 알아낼 수 있게 된 것이다.

할머니, 안녕! 프랑스도, 안녕! 나는 드디어 미노타우로스로 가득 찬 미로를 벗어날 거야! 그 괴물들은 결국 나를 잡아먹지 못했지. 나는 진실을 밝힌

66

다음 나만의 길을 찾을 거야…….

거실 문의 손잡이를 돌리는 손이 떨린다. 할머니가 잠든 묘비 위로 따스한 햇볕이 강물처럼 넘실거린다. 문을 열자, 새로운 세상의 찬란한 빛에 눈을 뜰 수가 없다. 눈을 한 번 깜빡이니 파리와 시민들의 모습이 순식간에 사라진다. 더는 내가 사는 도시의 풍경이 보이지 않는다. 마치 거울 궁전에 뚝 하고 떨어진 것 같다. 곁을 지나치는 행인들은 낯설면서도 친숙한 모습을 하고 있다. 모양이 바뀌는 수많은 거울이 주위를 춤추듯 움직이는 동안 인도에서 온 소년의 모습은 잘게 조각난다. 남자, 여자, 청년, 노인, 뚱뚱한 사람과 마른 사람, 작은 사람과 큰 사람들이 어지러이 발레 공연을 펼친다. 모두가 즐거운 그 서커스에서 혼자만 웃지 못하고 있으니, 마치 다른 세계에서 탈출하기라도 한 것 같은 모습의 미스터 R이 고급스러운 택시에서 내려 내가 서 있던 쪽으로 팔을 흔든다.

"율, 드디어 인도에 왔구나! 기억나지 않니? 바로 저기 건너편이 네가 살던 보육원이란다! 예배당 옆의 흰 건물이지. 수녀님들이랑 얘기를 나누고 있으렴. 나는 네 부모님에 관한 정보를 좀 찾아봐야겠으니까. 한 시간 뒤에 다시 만나자꾸나!"

"그렇지만 나는 이곳의 말을 할 줄 모르는 걸요!"

"괜찮아. 안드레 수녀를 찾아가면 돼. 그 사람은
프랑스인이라고 했으니까!"

나는 건물의 안뜰로 들어간다. 어린 인도 소년들은
내가 산타클로스라도 된 것처럼 쳐다본다! 나는 벤치에
앉아 있던 수녀에게 말을 건다.

"안드레 수녀를 찾고 있는데요."

그녀가 내게 다가와 이렇게 대답한다.

"내가 안드레인데, 그러는 너는 누구니?"

"제가 이 보육원에 버려졌다고 들었어요."

안드레 수녀는 나를 꼼꼼히 살피며 내 얼굴을 기억해
내려 애쓴다. 갑자기 그녀의 눈이 반짝인다. 그녀는 말을
더듬으며 이렇게 말한다.

"아슈! 정말 너니? 이렇게 훌쩍 크다니! 여기서 뭘 하는
거야? 프랑스에서 행복을 찾지 못한 거야?"

"저는 부모님이 어디 계신지, 그리고 왜 저를
버리셨는지 알고 싶어서 왔어요……. 그게 다예요."

"네 부모님? 그래, 이해한다. 그분들이 너와 네 쌍둥이
여동생을 이곳에 데려왔었지."

"쌍둥이 여동생이요? 역시, 내가 맞았어!"

"네 부모님은 인도 경찰에게 쫓기는 처지였어.
그분들은 너희를 숨길 안전한 곳을 찾고 계셨지……."

"어째서요? 그분들이 무슨 잘못을 저질렀나요?"

"설명하기엔 좀 복잡한 이야기지만, 인도에서는 자신과 같은 카스트(인도의 세습적 계급 제도)에 속한 사람이 아니면 혼인할 수가 없어. 네 아버지는 이 나라에서 아무런 권리도 누릴 수 없는 '최하층민' 계급에 속해 있었어. 반면 네 어머니는 뉴델리에서 가장 힘 있는 가문 중 한 곳에서 태어났지. 두 사람은 가짜 이름으로 혼인하고 경찰의 눈을 피해 도망치며 살았어. 그리고 몇 년 후, 경찰서장이던 네 외할아버지는 그들의 자취를 발견했지. 네 부모님은 붙잡히기 전에 간신히 너희를 보육원에 맡겼던 거란다. 가능한 한 너희를 오래 숨겨두고 싶었지만, 경찰이 계속해서 너희를 찾고 있었고, 결국 우리는 너희를 외국에 입양 보내는 것 말고 다른 방도가 없었어. 네 여동생은 한국인 가족에게, 너는 프랑스인 가족에게 보내졌지."

안드레 수녀는 입고 있던 수녀복의 끝자락으로 눈가를 닦는다. 나는 그녀가 알려준 사실들로 인해 얼이 빠진 상태로 보육원을 나선다. 내 주변으로는 어린아이들이 소리를 지르며 토끼처럼 방방 뛰어다닌다. 미스터 R은 택시 밖에서 나를 기다리고 있다.

"율, 네 아버지는 금을 채취하던 사람이었어. 그가 일하던 장소를 찾았단다!"

우리는 이제 보석상이 모여 있는 동네로 향한다.

빛바랜 페인트가 칠해진 작은 상점들로 가득 찬 곳이다.
나는 혼자 택시에서 내린다. 보석상의 입구라는 것은
작은 바람에도 요란한 소리를 내는 방울을 엮어 만든
커튼이 전부다. 가게 바닥에는 갈색 먼지가 소복이 쌓여
있다. 내가 걸을 때마다 내 발에서 찍힌 거라고는 믿기
힘들 정도로 큰 발자국이 찍힌다. 나는 어느새 맨발이
되어있고, 싸구려 천을 잘라 만든 누더기 같은 낡은 옷을
입고 있다.

"일을 구하러 왔습니다!"

내 입에서 엉뚱한 성인 남성의 단호한 목소리가
나온다. 계산대에 앉아 있던 보석상 주인은 동그란 안경을
고쳐 쓰며 고개를 든다.

"운이 좋군. 마침 다음 달에 있는 등명제 때문에 금
채취 작업을 할 사람이 필요했는데!"

나는 그날 바로 네와라(금을 채취하는 사람)가 되었다.
보석상이 모여 있는 동네엔 길가마다 진흙이 쌓인 수로가
있는데, 그곳에 쭈그려 앉아 온종일 바닥을 긁어내는 것이
내가 맡은 일이었다. 세공인들이 보석을 다듬는 과정에서
떨어뜨린 작은 금 조각들이 온갖 종류의 먼지와 함께
섞여 굴러다니기 때문이다. 매일 밤, 사람들이 빗자루와
물동이를 가져와 바닥을 씻어 내면, 나처럼 가난한 사금
채취자는 열악한 장비로 끈적한 반죽을 긁어내 금가루를

모으고, 그것을 세공인들에게 되팔아야 했다.

　나는 어느덧 한 달째 태양 빛에 반짝이는 작은 빛 가루를 모으고 있다. 이렇게 모은 금으로 두 마리의 뱀이 얽혀 있는 장식을 만들 것이다. 그리고 등명제의 3일째 되는 날 가장 사랑하는 사람에게 청혼할 때 선물할 것이다! 장식을 붙일 팔찌는 재활용 금속으로 만들어 두었다.

　보석상 앞에 세워둔 택시에서 미스터 R은 여전히 나를 기다리고 있다. 꼭 명상에 빠진 부처님 같은 모습이다.

　"금은 많이 캤니? 이제는 사원으로 갈 시간이야. 어딜 가든 빛 축제로 한창이거든!"

　뉴델리의 밤거리는 불꽃과 폭죽을 터트리는 사람들로 소란하다. 그중 여럿은 형형색색의 횃불과 화관, 그리고 온갖 종류의 음식이 담긴 바구니를 짊어지고 있다. 춤추고 노래하는 군중들은 모든 길을 막고 있다. 그리고 사방에서 온갖 종류의 향이 피어나는 중이다. 택시는 앞으로 나아가지 못한다. 도로는 경적으로 가득 채워진다. 나는 차에서 내려 힌두 사원으로 향한다. 그곳에서는 전통 의상을 입은 인도 여성들이 절을 하고 있다. 부의 여신인 락슈미 동상 앞에 마련된 제단에는 섬세하게 조각된 작품들, 보석이 박힌 장신구들 그리고 금으로 장식된 온갖 제물이 올려져 있다. 나는 기도를 올리기 위해 락슈미의

발 앞에 무릎을 꿇는다. 그때, 한 여자의 작은 음성이
들려온다.

"약속을 지켰구나!"

뒤를 돌아보니 자줏빛 긴 스커트를 입은 젊은 인도
여성이 있다. 그녀는 곧 내 신부가 되어 나와 함께 가정을
꾸릴 것이다. 우리는 아이들도 낳게 될 것이다. 그녀가
양꼬치 접시를 건넨다. 꼬치마다 산스크리트어로 이름이
적혀 있는데 도무지 읽을 수가 없다! 양념이 된 고기의
냄새에 잠들어 있던 감각이 깨어나며 배고픔에 위장이
아우성친다. 나는 기다리지 않고 온갖 향료가 든 소스가
뚝뚝 떨어지는 네 개의 꼬치를 허겁지겁 먹어 치운다.
입 안이 가득 찬 나머지 더는 말을 할 수도, 씹을 수도

없다. 그 모습에 칠흑 같은 긴 머리를 한 나의 여신이
웃음을 터트린다. 그녀의 동그랗고 매끈한 얼굴이 주는
성스러움은 나를 행복으로 채워 준다.

사랑하는 그녀와 있을 때면 그 무엇도 필요하지 않다.
가난하든 그렇지 않든, 이 삶에서든 또 다른 삶에서든,
나는 절대 그녀와 헤어지고 싶지 않다! 내가 뱀 장식의
팔찌를 그녀의 손목에 채우자, 그녀는 '좋아.'라고
대답하며 청혼을 수락한다.

그 순간 기억이 되살아난다. 꼬치에 적혀 있던 의문의
이름들이 밝혀지는 순간이다. 그건 다름 아닌 내 인도

가족의 이름이었던 것이다! '나빈과 나이다'는 아버지와
어머니, '아슈와 아미타'는 나와 내 쌍둥이 남매의
이름이었다!

　"가족을 찾았으니, 연구소로 돌아가자꾸나!"

　미스터 R이 귓가에 속삭이자, 나는 아버지의 기억으로
가득 찬 사원을 떠나 말로 표현할 수 없는 행복과
슬픔이 뒤섞인 소용돌이 속으로 빠져든다. 락슈미의 두
발은 바닥에 단단히 고정돼 있다. 마법이 풀리며, 마치
신부님의 사무실에 있던 십자가에 못 박힌 예수님처럼
돌로 된 그녀의 심장은 완전히 박동을 멈춘다. 너무도
지친 나머지 나는 발을 질질 끌며 택시에 오른다. 우리는
유령 도시와 분주하게 움직이고 있는 꼭두각시 인형
무리를 지나친다. 내 두 눈꺼풀은 슬픔으로 인해 무겁게
늘어진다. 라디오에서는 여행의 마지막을 알리는
부드러운 비가가 흘러나온다. 가족들의 이름을 보고 울지
않을 수 있었던 건, 아미타를 다시 만나게 될 날을 위해
아껴 두고 싶기 때문이다.

　긴 잠에서 깨어나 보니, 어느덧 타고 있던 차가 길
위에 멈춰 서 있다. 창밖에는 웬 머리를 올려 묶은 한 마른
여자가 보인다. 그리고 나는 갑작스럽게 한기를 느낀다.

　여자가 창문 안을 들여다보며 이렇게 말한다.

　"안녕! 나는 네 아버지의 동료야. 강아지 덕분에 너를

찾았단다.”

강아지? 나는 펄쩍 뛰며 몸을 일으킨다. 그녀는 내가
차에서 내리는 것을 돕는다. 나는 그녀를 따라 시골길을
걷는다. 길 끝에는 흰 벽에 나무로 장식이 된 집이 한 채
있다. 그곳에 도착하자 문 뒤에서 개가 문을 긁으며 짖는
것이 들린다. 집에 들어가기 무섭게 투투가 품 안으로
뛰어 들어온다. 내가 정말 현실 세계 속 프랑스에 있는
걸까? 아니면 이것 또한 행복연구소가 머릿속에 심은 또
다른 상상 속 풍경일까? 나는 따뜻한 불이 피워져 있는
벽난로 근처에 앉아 얌전해진 투투의 목을 긁는다.

“투투를 어떻게 찾으셨어요?”

“몇 주 전 차로 그 개를 치었단다. 시골길을 혼자
떠돌아다니는 중이었던 모양이야. 수의사에게
데려갔더니 내장 칩에 등록된 보호자의 연락망을
알려주더구나. 근데 그 개가 다름 아닌 네 아버지 가족의
소유로 되어 있지 뭐니!”

“저도 그 내장 칩으로 찾으신 거군요.”

내 시계에는 위치 공유 기능이 있었다.

“맞아……. 네 아버지와 나는 그동안 ‘오렌지
섬’이라는 아이들 실종 사건을 조사하고 있었어.
대부분은 세상을 뒤흔든 전쟁과 천재지변으로부터
도망친 난민 아이들이었지. 작년에 우리는 난민 아이들을

수용하는 가짜 수용소의 존재를 밝혀내기도 했단다. 네 아버지는 강제 격리에 처하기 직전에 그 진실을 폭로할 예정이었어! 그는 영웅이자 내부고발자였으니까!"

"그렇다면 아직 살아계신 거네요?"

"그를 다시 만날 수 있다는 희망을 버려서는 안 돼."

에글랑틴이 씩씩하게 대답한다. 그녀는 이렇게 덧붙인다. "참, 그리고 너와 네 강아지 덕분에, 나는 여태 탈 없이 실험을 이어오던 끔찍한 수용소 중 한 곳을 파괴할 수 있었어! 너를 찾아낸 것도 그런 곳 중 한 곳이었고. 구조 당시 너는 인공 코마 상태에 빠져 있었지."

"어떤 종류의 실험인데요?"

"그들은 아이들을 납치해 노예로 바꾸는 극단주의자들이야. 하지만 그보다, 시간이 이렇게 늦었으니 배가 고프겠구나. 뭘 좀 먹지 않으련? 인근 마을의 폐가에서 찾은 크레프와 사과주스 그리고 계란이 좀 있단다⋯⋯."

아빠의 동료는 거실 식탁 위로 크레프 더미와 사과주스 한 잔을 올려놓는다. 어쩌면 엄마가 몰래 술을 먹은 것이 이 사람 때문인지도 모르겠다.

크레프의 냄새는 주현 엄마와 함께한 좋은 기억을 떠올리게 한다! 그 작은 만찬은 나를 다시 일상과 가까운 곳으로 데려다 놓는다. 크레프들은 내 위장까지

미끄럼틀을 타듯 미끄러져 내려간다. 몇 장이나 먹었는지
셀 수도 없을 정도이다. 에글랑틴은 빈 접시를 치우며
이렇게 말한다.

"좋아. 아주 좋아! 그 모든 일을 겪고도 입맛을 잃지
않았구나! 자, 이제 나를 따라오렴. '벙커'를 보여줄
테니까! 이곳은 네 아버지와 내가 '오렌지 섬' 사건을
조사하던 곳이기도 하단다."

우리는 대형 카펫 아래 숨겨진 문을 통해 집의 창고로
내려간다. 담쟁이가 핀 벽에 걸려 있는 작은 횃불들로
인해 우리 두 사람의 그림자는 기묘한 춤을 추고 있다.

"열려라!"

에글랑틴이 마지막 계단에 멈춰 소리치자, 엄폐된
철문이 저절로 열린다. 그리고 거대 계기판에 연결된
무수한 스크린이 동시에 번쩍이는 숨겨진 본부가 모습을
드러낸다. 나는 제임스 본드의 영화에서 튀어나온 것 같은
그 장면에 할 말을 잃고 서 있다!

"어서, 거기 그렇게 우두커니 서 있지 말고,
빨리 들어오렴! 이곳이 바로 네 아버지와 나의 비밀
연구소란다. 우리는 세상에서 사라진 아이들을 조사하고
있었어."

"그러니까 우리 아버지는 탐정이었군요?"

"비슷하긴 하지만, 사실 이곳은 연구소란다."

에글랑틴이 답한다. "나는 온 세계에 퍼져 있는 적들의
조직망을 뚫기 위한 스파이 프로그램을 만들어. 네가
있던 실험실에서 감시용 홀로그램들을 찍어내는
그들의 시스템에 침입할 수 있었어. 이 화면에서 볼 수
있듯, 그곳에서 만든 홀로그램 하나가 태평양 어딘가로
보내졌는데, 아직 정확한 위치를 찾아내진 못하고 있어.
근데 너라면 나를 도와줄 수 있을 거야……."

"그게 무슨 말이에요?"

"알다시피 이 홀로그램은 네 머릿속에서
만들어졌거든. 혹시, 인도에서 보낸 어린 시절의 기억을
하나 떠올려 볼 수 있을까? 오랫동안 숨겨둔 기억일수록
좋아. 그 연구소가 네 기억을 뒤죽박죽으로 만들었을지도
모르는 일이라……."

인도의 기억이라……. 그건 정말 오래된 일이다!
입양은 인도에서의 기억, 얼굴, 냄새, 소리를 모두 지워
버렸다. 그 핵폭탄은 나의 모국어마저 앗아가 버렸다.
모든 것을 잃은 나는 잔해와 연기만 남은 유령 도시에서
다시 벽돌을 하나씩 쌓아 올리는 심정으로 기억을
찾아가야 했다…….

지금까지 간직하고 있는 인도에서의 유일한 기억은
쌍둥이 남매인 아미타에 대한 따뜻한 기억이 전부다. 그
기억이란 것도 어쩌면 내가 상상 속에서 지어낸 것이

아닐까 하는 의심이 드는 날도 있었지만, 어쩐 일인지
지금은 그게 실제로 있었던 일이라는 걸 확신하게 되었다.

에글랑틴은 나를 일종의 즉석 사진 촬영소 같은 곳에
들여보낸다. 촬영소 내부에는 높이를 조절할 수 있는 의자
위에 VR 헤드셋이 놓여 있다. 나는 그것을 뒤집어쓴 뒤
자리에 앉는다. 그러자 방송이 시작된다.

"잠시 대기하세요."

잠시 뒤, 방송이 이어진다.

"한 가지 기억에 정신을 집중하세요."

몇 초의 시간이 흐르자, 온몸이 떨리기 시작한다.
그리고 그 떨림은 점차 노랫소리로 변한다. 나는 보육원
정원에서 흥얼거리는 아미타의 목소리를 알아본다.
멀리서 찰칵찰칵, 기억 사진을 찍는 소리가 들린다.

아미타와 나는 보육원 안뜰에서 송충이를 잡곤 했다.
언젠가 그것이 나비가 되어 하늘을 날아오르는 걸 보고
싶었기 때문이었다. '날아라, 날아. 예쁜 나비야!' 아미타는
쉬지 않고 노래했다. 우리는 떨어질 수 없는 사이였다.
한번은 아미타가 정원 한구석에서 털이 난 송충이로
뒤덮인 잡목들을 발견한 적이 있었다. 징그러운 송충이를
만질 때마다 비명이 절로 나왔지만, 우리는 다른 아이들의
주머니에도 송충이를 잔뜩 집어넣었다. 그로부터 얼마 뒤,
송충이들은 결국 침실을 점령해 버렸다. 침대와 복도의

벽은 물론 수녀님들이 식사하던 식당에서도 송충이들이
발견되었다. 송충이라면 이제 넌덜머리가 난 수녀님들이
고함을 쳤다. 그 일로 아미타와 나는 영원히 떨어져 사는
벌을 받게 된 것이었다! 우리가 함께 입양되지 못한 것도
그런 이유에서였다!

거기서 기억이 끊어진다.

나는 헤드셋을 벗고 사진기 밖으로 나간다. 마치 긴
꿈에서 깨어난 것만 같다.

에글랑틴은 사진기가 촬영한 사진을 한 장씩
검토한다. 나는 보육원의 풍경과 수녀님들의 얼굴을
알아본다. 하지만 아미타의 얼굴은 여전히 뿌연 안개로
덮여있다. 그때, 에글랑틴이 소리친다.

"아니! 이 사람, 혹시 그자 아니니?"

나는 그녀가 가리키는 사진을 향해 허리를 숙인다.
덤불 사이에 중산모자의 챙이 삐져나와 있다. 그녀는
사진을 스캐너에 밀어 넣는다. 그러자 컴퓨터 스크린에
아를르캥 광대처럼 형형색색의 마름모꼴 양복을 입은
키가 큰 남자의 모습이 나타난다.

내가 소리친다.

"맞아요!"

에글랑틴은 전속력으로 컴퓨터의 키보드를 두드리기
시작한다. 그녀의 행동이 어찌나 빨랐던지 손가락을 볼 수

없을 정도다. 거대한 모니터 위로 세계 지도가 나타난다. 망망대해 한 가운데의 한 지점에서 점이 깜빡이자, 그녀가 뒤를 돌아보며 웃는다.

"미스터 R의 복사본이 태평양 한 복판의 어느 지점을 가리키고 있어. 근데 이상한 점은, 그곳엔 바닷물 외에는 아무것도 없다는 거야……. 어쩌면 잠수 로봇이 만든 인공 섬인지도 모르겠군."

"그곳에는 어떻게 갈 수 있죠?"

"일반적인 교통수단을 이용하는 건 불가능해. 네가 행복연구소에 갇혀 있는 동안 3차대전이 발발해 온 세계가 비상사태에 들어섰거든!"

80

8 한나
_ 안비

"한나야 밥 먹자."

졸린 눈을 비비며 식탁에 앉는다. 김밥과 계란국이
차려져 있다. 뽀얀 식탁 위로 따뜻한 아침햇살이
들어찬다.

식탁 건너편에는 오빠가 앉아서 숙제를 하고 있다.
오빠는 언제나 아침에 숙제를 한다. 나는 그 모습을
못마땅하게 쳐다본다. 그리고 고양이를 쓰다듬는다.
오빠는 작년에 중학교에 입학했다. 그리고 며칠 전
2학년이 되었다.

오빠가 중학교에 들어가면서 우리 가족은 부산으로
이사를 왔다. 그전까지는 서울에 살았다. 서울에서는 네
가족이었는데 지금은 셋뿐이다. 아빠는 군인인데, 외국에
파병을 간 뒤로 돌아오지 않고 있다. 엄마와 오빠는
진실을 알고 있다. 내가 진실을 모르는 게 이 가족의
평화를 위한 일이라면, 나는 기꺼이 그렇게 할 것이다.

텔레비전에서는 전쟁 이야기가 한창이다. 옛날의
전쟁에서는 미사일과 폭탄이 터졌지만 오늘날의 전쟁은

봄비가 내리듯 조용히 치러진다고 언젠가 아빠가 말해준 적 있다. 최근에는 어떤 '극당주의자'들이 '에-아이'를 이용해 무시무시한 전염병을 퍼뜨리기 시작했다. 가족 중 한 명이라도 그 병에 걸리면 모두 헤어져야 한다.

우리 학교에도 그렇게 부모를 잃은 아이들이 많이 있다. 그리고 부모를 잃은 아이들은, 봄비가 땅속에 스미듯 어느 날 아침 조용히 사라진다. 그리고 아무도 그것에 관해 이야기하지 않는다. 어른들은 (특히 선생님들은) 항상 검지손가락을 입술에 가져다 대고는 '쉿!' 하고 주의를 주기 바쁘다.

학교에는 시퍼런 유령 같은 '헐러그램'들이 돌아다니고 우리를 감시한다. 대통령 아줌마와 그 부하들은 '극당주의자'들과 싸우는 척하지만, 사실은 진작에 그들의 졸병이 되어버렸다! 결국 우리는 학교에 가지 않아도 잡혀가고 학교에 가도 잡혀간다. 극악무도한 방법으로 사람의 정신을 지배하는 '극당주의자'들에게 잡혀가면 노예가 될지도 모른다. 집 밖에는 어른, 아이 할 것 없이 모두 어두운 얼굴을 하고 빠른 걸음으로 걸어 다닌다. 집 안에서는 모든 게 평화로운 척하며 지내지만 그게 해결책이 아니라는 것을 모르는 사람은 없다.

어른들을 우리가 모든 걸 이해하기에는 어리다고 생각하지만, 사실은 그렇지 않다. 아빠가 돌아오지 않은

것처럼, 엄마도, 오빠도 그리고 어쩌면 나도 영원히
집으로 돌아오지 못할지도 모른다.

엄마는 매일 밤 방문을 닫고 운다. 우리 중 누군가 병에
걸리거나, 오빠와 내가 학교에서 '헐러그랭 선도부'한테
잡혀갈까 봐 매일 걱정하는 것이다. 나는 계속해서 이렇게
지내느니, 차라리 옛날처럼 미사일과 폭탄을 던지면서
정정당당하게 한판 붙는 건 어떨까 하는 생각도 해 본다.
하지만 나는 겁이 많다. 정작 옛날 같은 전쟁이 나도 내가
군인처럼 용감하게 싸울 수 있을지 잘 모르겠다.

전염병에 걸리는 것도 두렵다. 그 병에 걸리면
기억을 잃게 된다고 한다. 기억을 잃으니 차라리 죽는 게
나을지도 모른다. 아빠와 엄마, 오빠, 그리고 친구들을
알아볼 수 없게 되는 상상을 하면 속이 메스꺼워진다.
기억을 잃은 나도 나라고 할 수 있을까? 그건 그냥 내
옷을 입은 인형에 불과할 것이다.

"얼른 먹고 학교 가야지."

엄마는 내 잔에 미지근한 보리차를 따른다.

"학교 못 가. 배 아파."

엄마는 팔짱을 끼고 나를 내려본다. 오빠는 공책을
덮으며 나를 흘겨본다.

"거짓말쟁이. 엄마, 얘 말 믿지 마."

오빠는 혼자 학교에 간다. 학교는 걸어서 고작 오 분

거리에 있다. 나는 갑자기 마음이 불안해져 오빠를
따라나선다.

"오빠. 학교 가지 마."

하지만 아파트 복도는 텅 비어 있다. 오빠의 모습은
오간 데 없다. 나는 다시 부엌으로 돌아간다. 엄마? 엄마도
보이지 않는다.

"한나야. 포기하지 마."

아주 먼 곳에서 엄마의 목소리가 들린다.

"한나야, 엄마를 잊지 마!"

엄마의 비명 같은 절규가 들린다. 흰 장갑을 낀 손들이
나타나 나를 어딘가로 끌고 간다. 나는 배를 타고 있다. 배

안에는 또래 아이들이 가득하다. 우리는 모두 엄마를 찾아
울부짖는다.

"엄마! 엄마!"

그대로 장면이 전환된다. 나는 이제 망망대해 속에
있다. 나는 살기 위해 손으로 바닷물을 가른다. '바다를
건너야 해!' 그렇게 생각하기 무섭게 몸에서 거대한
지느러미가 솟아난다. 나는 힘차게 수면 위로 올라가
등으로 물을 뿜는다. 그리고 시커먼 물살을 가른다.
파도는 나를 부드럽게 끌어안는다. 드디어 엄마에게 갈
수 있게 되었다. 그 누구도 나를 방해할 수 없어. 나는
자유야!

"한나! 정신 차려. 한나!"

나는 어둠 속에서 눈을 뜬다. 너무 캄캄한 어둠이라 아무것도 보이지 않는다. 누군가 내 어깨를 붙들고 있어 비명을 지를 뻔했으나 입이 틀어막혀 아무 소리도 나오지 않는다.

"나야. 아미타. 소리 지르지 않겠다고 해."

열심히 고개를 끄덕이자 아미타가 그제야 손을 뗀다. 내가 묻는다.

"어떻게 된 거야?"

"이야기하자면 길어. 캡틴? 불이라도 좀 켜 봐요."

"그러지."

그러자 어둠 속에서 홀로그램 캡틴 R의 모습이 나타난다. 나는 당황해 말을 더듬는다.

"분명…… 카티가…… 앤은……. 어떻게 된 거야? 그 아이는…….”

"그 아이는 무사해. 유아부 아이들과 함께 해변으로 대피시켰거든. 한나, 지금부터 내가 하는 이야기 똑바로 들어. 사실, 앤이 제1공장에서 영혼이 조각나지 않은 거, 내가 꾸민 짓이야. 그곳에서 일하는 동안 나는 계속해서 마마와 파파의 눈을 피해 아이들을 빼돌리려고 시도하고 있었어."

"그렇다면 혹시…….”

"맞아. 사실 한나도 내가 지켜낸 아이 중 한 명이야."

아미타는 그렇게 말하며 따뜻한 두 손바닥으로 내 뺨을 감싼다.

어리둥절한 채로, 내가 다시 묻는다.

"카티가 분명 경비들을 불렀는데, 어떻게 구조한 거야?"

캡틴이 헛기침하며 대답을 가로챈다.

"경비 대장인 내가 도움을 좀 줬지."

내가 묻는다.

"어째서 당신이 우리를 돕죠?"

아미타가 대답한다.

"이 홀로그램, 애초에 설계가 잘못되었어. 이 자는 그 누구에게도 복종하지 않아. 본부인 행복연구소에도, 마마와 파파의 시스템에도 복종하지 않지. 자기가 하고 싶은 대로 하는 자체적인 지능을 가졌어."

"나의 원본인 미스터 R을 처음 만든 율이 세상 그 누구보다 부모의 말을 듣지 않는 아이였다는 걸 본부에서 간과한 거지. 나는 미스터 R을 완벽히 재현해 낸 복제본이거든. 게다가 내 본체인 미스터 R은 '잃어버린 아이들을 찾아 무사히 부모 품으로 돌려보내는' 임무를 가진 비밀 요원이란 말이지!"

"세상에나……."

"행복연구소가 날 이 오렌지 타운의 시스템에 삽입한 것도 사실은 언제부턴가 고등 인공지능인 마마와 파파에게 넘어간 통제권을 되찾으려는 술수였는데 처참히 실패했지. 게다가 웬 국제저항기구라는 레지스탕스가 시스템을 해킹해서 나를 이중 스파이로 쓰고 있어. 그것도 모자라 이제는 너희들까지 나를 이용하니 몸이 열 개라도 부족한 실정이 되었군. 그나저나 시스템에 무슨 문제가 있는 모양인지 아까부터 이런 게 몸에서 자꾸 나오는데, 누가 설명 좀 해 줄 수 있을까?"

캡틴은 난데없이 입고 있던 마름모꼴 패턴이 그려진 정장 바지의 주머니에서 털이 복슬복슬하게 달린 송충이를 한 주먹씩 꺼내기 시작한다. 송충이들은 가슴팍의 주머니는 물론 바지의 뒷주머니와 양말 속에서도 나오고 있다. 그리고 순서대로 노란 프리지아 색의 나비로 변해 공중에서 흩어지기 시작한다. 그 모습을 보던 아미타가 중얼거린다.

"아슈……."

캡틴이 말한다.

"그 아이는 이제 율이라는 이름으로 불려."

"아슈가 나를 찾고 있는 것 같아요."

"그 아이는 항상 너를 찾고 있었지. 내가 이곳에 오자마자 너를 찾아갔던 것도 그런 이유에서야. 율은

인도의 기억을 모두 잊었지만, 쌍둥이 남매의 기억만큼은
마음 깊숙한 곳에 간직하고 있었거든.”

아미타는 멍한 눈으로 나비들의 날갯짓을 올려다본다.
잠깐 그녀의 얼굴이 기쁨으로 차오르는 듯하더니,
평소처럼 다시 잔잔하고 고요한 모습으로 돌아온다.

내가 묻는다.

“이제 뭘 하면 돼?”

아미타가 답한다.

“저항……”

내가 되묻는다.

“저항?”

아미타가 답한다.

“우리에게도 저항 조직이 있어.”

“그게 누군데?”

아미타가 조금 갈등하더니 나와 캡틴을 가리킨다.

캡틴이 소리친다.

“소수 정예군! 괜찮아. 원래 엘리트 부대는 소수
정예로 움직이니까.”

아미타가 말한다.

“캡틴은 카티의 주의를 끌어 주세요. 그 아이는
지금 우리를 찾으려고 난리를 치고 있을 거예요. 한나,
우리는 어떻게든 공기주머니를 터트릴 거야. 그리고

아이들에게 영혼을 돌려줄 거야. 어떻게 할지는 모르지만, 분명 방법이 있을 거야. 어쩌면 전투를 해야 할 수도 있고 위험한 상황이 생길 수도 있어. 일단은 가장 어린 유아부를 섬에서 탈출시켜야 해. 그러기 위해서는 네 도움이 필요해."

"자, 그럼 아미타 양, 한나 양, 행운을 비네. 나는 시간을 좀 벌어 보도록 하지."

캡틴이 서둘러 자리를 뜬다. 그가 시야에서 사라지기 무섭게 우리는 해안가로 달린다. 오늘따라 너무 크게 느껴지는 섬을 달리고, 달리고, 또 달린다. 우리를 찾기 위해 경비들을 모두 푼 모양인지, 온 건물에 빨간 경고등이 번쩍이고 섬 전체에 사이렌이 울려 퍼지고 있다. 우리는 허리를 숙인 채 언덕을 내달려 거의 굴러떨어지다시피 해변에 도착한다. 나는 모래사장에 주저앉아 한참을 헐떡인다. 그러다 뒤늦게 카티와의 일을 기억해 낸다.

"카티는 내가 돌연변이라는 걸 알고 있었어. 알고 있으면서 여태까지 그걸 모르는 척해 줬어. 언제나 사나운 아이라고 생각했는데……."

아미타가 손을 뻗는다. 나는 그 손을 잡고 몸을 일으킨다. 아미타가 말한다.

"마마와 파파는 영혼 조각 몇 개를 걸러내면 모든

아이를 통제할 수 있을 거라고 착각하지만, 그건 철저히
로봇적인 사고방식일 뿐이야. 카티는 마마와 파파의
충실한 군인이 되었지만, 그렇다고 동료를 고발하는
아이로까지 타락시킬 수는 없었지. 우리는 결국 이곳에서
서로를 지키고 있었잖아. 너와 나처럼. 또는 카티와
너처럼. 로봇은 사람을 이길 수 없어. 사람의 영혼을 백
조각으로 파괴한다고 해도 말이야. 언젠가는 모든 아이가
깨어날 거야. 어쩌면, 당장 오늘 밤에라도!"

　우리는 동굴로 향한다. 아미타가 낮은 목소리로
아이들을 부르자, 제1공장에서 근무하는 유아부 아이들이
쭈뼛대며 모습을 드러낸다. 보름달 아래 전부 하얗게
질린 얼굴이다. 표정도 말도 없는 섬의 아이들. 그중에는

눈물로 얼굴이 축축하게 젖은 앤도 있다. 나는 앤을 꽉
끌어안는다. 앤은 씩씩하게 눈물을 훔친 뒤 내 손을 꽉
붙든다.

　우리는 버려져 있던 나룻배 더미에서 쓸 수 있는 배
다섯 척을 골라 물에 띄운다. 깡마른 아이들은 자신들이
무슨 일을 하는지도 모르고 아미타가 시키는 대로 열심히
배를 바닷물이 닿는 곳까지 끌고 또 밀고 간다. 아미타와
나는 아이들을 나누어 배에 태운다.

　내가 걱정스레 말한다.

　"아이들이 너무 어려. 노를 얼마나 오래 저을 수

있을지 모르겠어."

"일단 어느 정도 마마와 파파의 손아귀를 벗어나면 캡틴을 통해서 외부에 구조를 요청해 볼게. 어쩌면 그 저항 세력이라는 사람들의 도움을 받을 수 있을지도 몰라. 이 아이들을 잘 부탁해, 한나."

내가 묻는다.

"우리 다시 만날 수 있을까?"

아미타가 평온한 얼굴로 답한다.

"항상 너를 기억할 거야."

표정도 말도 없는 섬의 아이들이 탄 배가 멀어진다. 돛이 펄럭이며 우리를 대신해 작별 인사를 한다.

노를 젓던 한 아이가 묻는다.

"우리는 어디로 가요?"

내가 대답한다.

"집으로."

그 말을 뱉는 순간 단 한 번도 이곳이 집이었던 적이 없다는 사실을 깨닫는다. 수평선 위로 희미한 푸른 빛이 차오른다.

9 율

 _ 엘라 사리

"뉴로파시스트가 무슨 뜻이에요?"

에글랑틴은 계속해서 잠수함의 계기판에 오렌지 섬의 좌표를 신경질적으로 두드린다.

"거 참, 왜 이 모니터에는 제대로 나타나는 게 없는 거야? 파나마 운하는 문제없이 지났건만!"

그녀가 내 말을 무시했기에, 나는 다시 물어야 했다.

"'뉴로파시스트들에게 죽음을'이 무슨 말이에요? 르아브르 항구의 벽 한 곳에 붉은 글씨로 그런 말이 적혀 있었어요."

아빠의 예쁜 동료는 투명 테의 안경을 똑바로 고쳐 쓴다. 그리고 이렇게 답한다.

"뉴로파시스트들은 자신들을 신으로 여기면서 아이와 부모를 강제로 헤어지게 만든 다음 노예로 삼는 자들이야."

그녀의 대답에 나는 수백 가지 질문을 쏟아낸다.

"어떻게 그게 가능해요? 근데 왜 아무도 그들에 대해서 이야기하지 않죠?"

투명 테의 안경을 닦던 에글랑틴은 제법 근엄하게 대답한다.

"대부분의 사람들은 어린 시절부터 눈이 먼 채로 교육받아 왔어. 텔레비전 방송에서는 계속해서 그들이 민주주의 체제 속에 살고 있다고 말하기 때문에 이런 종류의 야만적인 행위가 벌어질 것이라고는 상상도 못하지. 마치 미지근한 냄비에 담긴 채로 물이 끓어오르길 기다리는 개구리 같은 거란다! 뉴로파시스트들은 '행복연구소'의 조직망에 침투하는 것에 성공했어. 그 기관은 애초에 전쟁과 자연재해로 인해 피해를 본 아이들을 보호하기 위해 세워진 곳이었지. 그들은 어린이 보호 조직망의 상징인 깔때기 상징을 이용해 사람들을 속인 다음, 자신들만의 실험을 진행했어!"

"당신이 구하러 오지 않았더라면 나도 노예가 되었겠네요!"

"네가 그 기계에 그토록 용감하게 맞서지 않았다면, 내가 해 줄 수 있는 게 아무것도 없었을 거야. 그런 정신력은 도대체 어디서 나오는 거니?"

"아마 주현 엄마 덕분인 것 같아요. 내가 입양된 이후로 엄마는 항상 내게 그림 그리기와 글짓기를 시켰거든요. 엄마는 상상력에는 마법 지팡이 같은 힘이 깃들어 있다고 했어요!"

"그런 엄마를 만나다니, 복이 많네."

에글랑틴은 갑자기 등을 돌리더니 다시 조종기에 대고 성질을 부리기 시작한다. 잡음이 나오는 모니터는 아직도 오렌지 섬의 위치를 보여주지 않고 있다. 프랑스 해안을 떠난 지도 제법 오랜 시간이 흘렀다. 우리는 카라이브해와 파나마 운하를 지났다. 크리스토발 항구에서 에글랑틴은 바로 콜로라도의 보호 구역에서 희귀 식물을 채취하는 연구원인 척 경찰을 속였다. 의심에 가득 찬 사람들에게 그녀는 보호종들이 핵 공격으로 인해 멸종 위기에 처했다며 연기를 했다. 그러자 관리인들은 우리를 지나가도록 해 주었다! 대서양을 지난 뒤 우리의 작은 잠수함은 태평양 깊숙한 곳을 며칠 동안이나 떠돌아다녔다.

94

바닥에 주저앉은 에글랑틴이 탄식한다.

"아무래도 길을 잃은 것 같아."

나는 자리에서 일어나 파나마 보호 구역에서 채취한 식물들이 저장되어 있는 온실을 들여다본다. 식물들을 보호하는 얇은 셀로판지 사이로 나는 그 생명들이 얼마나 약한 존재인지, 또 얼마나 아름다운 존재인지를 실감한다. 식물들을 보고 있으면 마치 서로에게 귓속말로 무언가를 속삭이는 것 같은 착각이 든다.

"왜 수억 명이나 있는 인류를 구해야 해요? 이

식물들이 우리보다 더 소중하지 않나요?"

"인간은 식물이나 동물과 많이 달라. 우리는 대체될 수
없어!"

"그게 무슨 말이에요?"

"지구의 모든 인간은 고유해. 너, 나, 그리고 모든
사람은 고유한 존재야! 그건 자유의지 또는 생각의
자유가 있는 덕분이야. 반면, 이 식물들은 서로 똑같을
수밖에 없어. 자연은 식물한테는 선택권을 주지 않았어.
하지만 인간에게는 그러지 않았지. 인간은 자유롭기
때문에, 뉴로파시스트들의 함정에 빠지지 않을 수 있어."

"아, 그러니까 자유롭다는 건 곧 우리가 무엇이 될지
선택할 수 있다는 거네요?"

"맞아. 그리고 그거야말로 우리가 식물과 완전히
다르다는 걸 보여주지!"

"근데 이렇게 전쟁을 하고 있는 지금, 그런 선택을 할
수 있는 사람이 있어요?"

"평화로운 시기에 인류애와 야만적 행위는 항상
잠들어 있어. 위기가 닥쳤을 때 비로소 각자의 삶에서
빛과 그림자가 깨어나는 거야. 물론 그날이 찾아왔을 때
준비된 사람이 있고 그렇지 못한 사람이 있겠지만……."

나는 얼마간 생각에 잠긴다. 에글랑틴은 이상적인
세계를 위해 자신의 목숨을 바칠 준비가 된 전사처럼

말한다. 마치 가여운 우리 아빠를 보는 것 같기도 하다.
그런데 아빠는 내가 무얼 하는지, 뭐가 되는지에 대해서는
거의 관심이 없었다. 그는 아마 한 고아의 목숨을
구한 것으로 충분하기에, 나머지는 중요하지 않다고
생각했는지도 모른다.

"에글랑틴, 당신은 신을 믿나요?"

"신이라……. 신이 존재한다면, 왜 자식들을
버렸을까?"

"폴은 신이 선이나 악을 행하기 위해 존재하는 게
아니라고 했어요. 신은 희망을 잃어버린 사람들에게
희망을 주기 위해 있는 거래요."

"성경에 나오는 이야기니?"

96

"그게……. 폴은 사실 내게 교리 수업 시간에 딱딱한
빵을 주던 신부님의 이름이에요."

"아, 크리스천이었군! 네 신이 이 뉴로파시스트들을
영원히 지옥에 던져 버렸으면 좋겠구나."

"그게 아니에요. 당신은 신을 오해하고 있어요!
반대로, 신은 가장 타락한 영혼들을 제일 먼저 그의
궁전에 불러들여 용서를 통해 다시 깨끗하게 만들어요.
죽음으로 영혼들은 오만을 포함한 모든 죄를 씻어요. 가장
악독한 자들이 죽음을 꺼리는 것도 그 이유예요."

"거참……. 내가 신부님을 잠수함에 태운 줄은

몰랐네……. 세상에, 기적이 일어났어. 이것 봐! GPS가
다시 작동을 시작했어…….”

에글랑틴은 단숨에 자리로 돌아가 다시 계기판의
버튼들을 두드리는 것에 열중한다. 지도가 나타나며 작은
붉은색 점들이 깜빡인다.

“이 점들이 세계 곳곳에 퍼져 있는 행복연구소들이야.
그리고 우리가 드디어 오렌지 섬에 도착한 것 같아. 믿을
수 없지만 계기판이 먹통이었던 동안 잠수함의 자율주행
시스템이 올바른 방향으로 향하고 있었어!”

우리는 섬을 한 바퀴 돌며 암초 사이에 있을지 모르는
입구를 찾아 헤맨다.

“오렌지 섬은 고등 인공지능에 의해 감시되고 있어.
그들에게 걸리지 않고 이 섬에 정박할 방법은 전력을
차단하는 것뿐이야. 투명 드론을 내보내야겠어.”

적외선 카메라를 통해 섬을 둘러싼 모든 암초를
조사하는 동안, 우리는 결국 해저 통로를 발견한다.

“어서 잠수복을 입고 이 해저 터널이 어디로
이어지는지 확인해 보자.”

에글랑틴은 나를 신경도 쓰지 않고 입고 있던 옷을
벗어 던진다.

“뭘 그렇게 보고 있어? 여자 몸을 처음 보는 거야?”

“그게 아니고 당신 등의 타투를 보고 있었어요…….”

"아, 이거? 이건 아무것도 아니야……. 자, 어서
이 특수 산소 수트를 입어! 가장 최신형 제품을 구한
것이니까!"

"이 끔찍한 복면도 써야 하고요?"

"당연히 같이 착용해야지! 처음에는 좀 어색할 거야.
피부를 통해 산소가 흡수되도록 제작되었으니까. 그
말인즉 물속에서 더는 숨을 쉴 필요가 없다는 거지! 자,
드디어 행동에 나설 때가 됐는데 툴툴거리고만 있을 건
아니겠지?"

그 늘어나는 잠수 수트는 뱀 가죽을 떠올리게 했다.
수트 안에 몸을 넣자 스파이더맨의 모습이 그려진다.
피가 차갑게 식는 듯한 기분이 들더니 전신이 마취된 듯
마비되는 느낌이 찾아온다. 잠수함의 감압실이 열린다.
우리가 빠져나오자 다시 문이 닫히고, 감압실에서 물이
배출된다.

나는 태어나서 처음 겪는 편안한 기분에 빠진다.
물속에 완전히 잠긴 몸은 마치 무중력에 빠진 것 같다.
해저 통로의 어둠 속으로 진입하는 와중에도 조금의
두려움조차 느껴지지 않는다. 잠수복에서 희미한 빛이
새어 나와 우리 주변으로 초록색의 빛무리를 그린다.

그렇게 마치 어린 시절의 모든 두려움으로부터 해방된
것만 같은 기분이 든다. 사람들에게 해를 끼치거나,

그들의 기분을 상하게 할까 봐 두려워했던 날들이 아득히
멀어진다. 나를 짓뭉개고 시꺼멓게 태워버리는 와플
기계에 들어가 맛있는 간식으로 구워져야 한다는 의무감
따윈 더는 없다. 내가 어디에서 왔는지, 누구인지도
알 필요가 없다. 이상하게도 아미타를 찾게 될 거라는
확신이 들기 때문이다. 이제 내게 중요한 것은 그뿐이다.
'아미타는 분명 멀지 않은 곳에 있어.'

터널은 거대한 콘크리트 건축물 내부로 이어진다.
마치 영화 촬영에 쓰이는 세트장 같다. 건물은 언뜻
보아도 10층이 넘는 듯하다. 우리를 둘러싼 장소는
공사 현장의 거대한 중장비들이 보관되어 있는 넓은
주차장처럼 보인다. 나는 에글랑틴을 따라 복면을 벗는다.
멀리서 사이렌과 아이들의 비명 소리가 한데 섞여
몰려온다.

에글랑틴은 투명 드론을 다시 불러들이며 말한다.
"전력이 끊어졌어!"

우리는 유리로 둘러싸인 커다란 공간에 진입한다.
그곳에는 거대한 두루마리들이 저장되어 있다. 이
장소는 내 소설의 주인공인 미스터 R을 떠올리게
한다. 그는 원래 에어캡 공장에서 일하고 있었다. 다시
시야에 나타난 드론들이 우리의 발 밑에 착륙한다.
에글랑틴은 메모리칩에 든 정보를 수집한다. 나는 거대한

두루마리들을 자세히 관찰한다.

"잠깐. 이거 뽁뽁이잖아요!"

에글랑틴이 답한다.

"맞아. 고등 인공지능은 이 공기주머니 속에 아이들의
영혼을 보관하지. 이곳에 경비 대장으로 근무하고 있는
우리 스파이가 알려준 정보에 따르면 오렌지 섬은
아이들을 로봇 전사로 바꾸려는 시도를 한 최초의 공장
섬이야."

"그것도 뉴로파시스트들의 짓인가요?"

"원래는 그랬지만 지금은 아니야. 고등 인공지능이
그들이 만든 시스템을 통째로 집어삼켰거든. 애초에 그
인공지능들은 아이들의 뇌를 원격으로 조종하기 위해서
만들어졌어. 지금 그 시스템은 스스로를 '마마'와 '파파'로
칭하면서 섬에 가둬 둔 아이들을 힘들이지 않고 조종하고
있지."

순간 나는 미스터 R의 복제본이 공장으로 들어서는
모습을 발견한다. 그의 곁에는 한 여자아이가 군인이
행진하듯 딱딱하게 걷고 있다. 나는 그 아이의 아름다운
초록색 눈동자를 한눈에 알아본다……. 그 아이는 바로
카티였다! 아빠가 우리 집에 피신시켰던 빨간 머리
여자애! 대체 언제 저렇게 큰 걸까? 두 사람이 가까이
다가올수록, 내 심장이 빠르게 뛰기 시작한다. 카티는

100

오랜 시간이 지난 지금까지 과연 나를 기억하고 있을까?
그나저나 이런 잠수복을 입고 있는 내 꼴이 우스워
보이면 어떡하지?

카티가 차가운 목소리로 말한다.

"당신들. 여기서 뭘 하는 거죠?"

에글랑틴이 대답한다.

"이 섬에서 아동 인신매매가 이뤄진다고 해서 너희를
구출하러 왔어. 우리는 고등 인공지능에 공급되는 전력을
끊었어. 하지만 모든 아이를 구하기에 시간이 충분할 것
같지는 않아."

"카티. 나야, 율. 나를 기억해?"

"율. 내게 피프와 헤라클레스 이야기를 들려주던 그
아이지." 카티가 사나운 얼굴로 대답한다. "그 주인공들은
무사히 집에 돌아갔지만 나는 아니었어. 나는 결국 집에
돌아가지 못했어! 내 영혼은 물론 이곳에 있는 모든
아이들의 영혼은 마마와 파파에 속해 있어. 우리는 마마와
파파의 아이들이야. 우리는 그들과 함께 죽을 거야!"

그때 미스터 R의 복제본이 이렇게 소리친다.

"죄다 헛소리야!"

그는 하나둘 모여들어 인산인해를 이루기 시작한
아이들을 돌아보며 외친다. 아이들은 모두 험상궂은
얼굴을 하고 있다.

"나는 사실 경비 대장이 아닌 너희를 구조하기 위해 만들어진 국제 저항 조직의 스파이야. 그러니 내 말을 들어. 오늘부터 너희는 모두 자유야! 전력이 끊어진 지금이 절호의 기회야. 모두 영혼 조각이 갇혀 있는 공기주머니를 터트리고 이 저주받은 섬을 떠나자고!"

두 팔을 명랑하게 하늘로 번쩍 든 채 아이들의 반응을 기다리던 그는 난처한 얼굴이 된다. 아이들이 아무런 반응도 보이지 않은 것이다. 절망적인 정적이 감돈다. 그 어떤 아름다운 연설을 해도 아이들을 동요하게 만들 수 없을 것만 같다.

"내가 나서야겠군."

나는 두루마리 중 하나를 넘어뜨린다. 철퍼덕 소리가 나면서 시멘트 바닥 위로 두루마리가 구른다. 깜짝 놀란 아이들로 인해 잠시 소동이 일어난다. 이번엔 두루마리 더미 옆에 쌓여 있던 박스를 발로 찬다. 그러자 우당탕하는 소리가 나며 수백 개의 주사기가 바닥을 나뒹군다. 나는 그중 하나의 포장을 벗긴 뒤 아이들을 향해 돌아선다.

"다들 똑바로 봐."

나는 거대한 공기주머니를 주사기 바늘로 찌른다. 그러나 공기주머니는 쉽게 터지지 않는다. 나는 더 세게 그것을 찌른다. 퍽 소리와 함께 공기주머니가 터진다.

그러자 진한 딸기향이 코를 자극한다. 그리고 마치 불이
붙은 듯한 분홍색 나비가 하늘을 향해 날아오른다. 나비의
날개는 꿈속에서처럼 부드럽게 펄럭인다. 아이들의
얼굴을 밝히던 나비는 카티 앞에 멈춘다. 그리고 그
아이의 가슴 속으로 파고든다. 카티의 두 눈에 눈물이
고이더니, 아름다운 얼굴이 웃음으로 환해진다. 카티가
나를 끌어안으며 소리친다.

"나, 살아있어!"

그 장면을 본 아이들은 순간 악몽에서 깨어난 것처럼
있는 힘껏 고함을 치며 위층을 향해 뛰어간다. 마치 벌
떼처럼, 우리는 공기주머니가 저장되어 있는 모든 창고를

점령한다. 그리고 마치 뮤지컬의 한 장면을 보듯, 주먹만
한 커다란 공기주머니를 박자에 맞춰 터트리기 시작한다.

어느새 카티와 나는 한 팀이 된다. 함께 힘을 모아
공기주머니를 터트리자, 삶이 상처 입힌 아이들의 마음이
하나로 뭉쳐진다. 기쁨의 환호성, 울음소리와 함께 온갖
색을 띤 수천 개의 나비들이 공중으로 날아오른다. 그렇게
음울하던 창고는 이제 삶의 축제로 뒤바뀐다. 로봇처럼
이름을 잃어버렸던 우리, 세상으로부터 잊혔던 우리는
이제 기쁨의 춤을 추며 자유와 사람에 대한 그리움을
소리치고 있다.

내 손등 위로 가볍게 내려앉은 푸른 빛의 나비가 가슴

속의 가장 어두운 부분을 밝힌다. 형형색색의 솜사탕이
높이 높이 솟아올라 천장의 유리 돔까지 닿는다. 울음을
터트린 아이들이 떼를 지어 끝없이 건물을 벗어나자,
복도는 다시 어둠에 잠긴다.

그때, 갑자기 반대편에서부터 불빛이 하나씩 켜진다.
마마와 파파가 깨어난 것이다. 우리는 서둘러 밖으로
나선다. 바깥에서는 에글랑틴이 필사적으로 저항 조직의
네트워크에 접속해 구조 신호를 보내 보지만, 마마와
파파가 이미 외부 통신을 장악한 뒤다. 전투용 개들이
작동을 시작한다. 머리가 여러 개씩 달린 이 거대한
개들은 죽음의 광선을 내뿜는다. 밖으로 나간 많은 아이가
도끼로 베어 버린 나무토막처럼 바닥을 향해 쓰러진다.
이들은 정말 죽은 걸까, 아니면 잠시 무력화된 것일까?

도움을 요청하는 소리가 들려 뒤를 돌아보자 카티가
미동도 없이 바닥에 누워 있다. 내 손을 붙든 에글랑틴이
소리친다.

"뒤돌아보지 마! 아미타를 생각해!"

커다란 상심으로 인해 나는 빠르게 달릴 수 없다.
우리는 어느 숲에 접어든 뒤에야 케르베로스들을
따돌린다. 가슴이 미어지고, 더는 살아있는 것 같지 않다.
거친 숨을 내쉬던 우리는 가까스로 섬의 남쪽 끝에 있는
작은 항구에 도착한다. 해안에서 멀어지고 있는 하얗고

작은 돛단배들이 보인다. 혹시 아미타가 저 배 중 하나에 타고 있는 것은 아닐까? 가슴 가장 깊숙한 곳에 있는 우물에서 눈물이 계속해서 쏟아진다.

나는 외친다.

"아미타! 아미타! 어디 있어? 너를 보육원에 두고 온 게 너무도 후회돼!"

그때 갑자기, 구름처럼 몰려온 나비 떼가 머리 위를 지난다. 뒤를 돌아보자, 언덕 위에 몸집이 작은 소녀의 모습이 어렴풋이 보인다.

"날아라, 날아. 예쁜 나비야!"

이 목소리와 저 그림자……. 혹시 아미타가 아닐까? 나는 눈을 세게 비비고 다시 언덕 위를 쳐다본다. 그곳엔 아무도 없다! 소녀는 흔적도 없이 증발했다. 내 기억이 다시 숨바꼭질을 시작한 걸까?

에글랑틴이 부드러운 목소리로 말한다.

"날이 밝아오고 있어. 잠수함으로 돌아갈 시간이야. 용감한 투투가 우리를 기다리고 있다는 걸 잊어선 안 돼!"

10 아미타

_ 안비

사람들이 보는 세상과 내가 보는 세상이 다르다는 걸 알게 된 건, 네 살 때쯤의 일이었다. 쌍둥이 오빠 아슈와 아빠가 장을 보러 시장에 갔던 어느 오후, 나는 엄마와 로디 가든을 거닐고 있었다. 나는 죽은 사람들을 보는 것을 좋아했기에, 왕족의 묘지가 있는 그 공원에 가는 것은 큰 즐거움이었다.

죽은 사람들의 가장 근사한 점은, 더는 죽지 않는다는 것이다. 한 번 죽어 차분해진 존재들은 영원이라는 특별한 시간을 떠도는 동안, 사람들의 기억 사이를 사뿐사뿐 발자국 없이 거닐기도, 달빛 아래에서 춤을 추기도, 햇빛이 만든 나무 그늘에서 산 사람들을 위한 조용한 기도를 올리기도 한다. 산 사람들이 이렇게 평화롭게 돌아다니는 것은, 죽은 사람들이 올리는 기도 덕분일지도 모른다.

그 존재들 틈에서 살아가는 나는 말이 많지 않은 아이였다. 그도 그럴 것이 그 세상에서는 많은 말이 필요하지 않았다. 눈으로 보고 귀로 듣는 것만으로도,

나는 충분히 많은 것들을 이해할 수 있었다.

하지만 그 유난히 화창했던 봄날만큼은 어쩐 일인지 나는 충동적으로 엄마를 무덤 사이로 이끌었고, 죽은 사람들에게 엄마를 소개했다. 엄마는 하얗게 질린 채로 내가 그 사람들과 눈을 맞추고, 이야기를 건네는 것을 지켜보았다.

지금은 그 봄바람의 유혹에 넘어가 엄마에게 마음의 짐을 안겨준 것을 무척 후회하고 있다. 집으로 돌아오는 내내 아무 말이 없던 엄마는, 대문 앞에 와서야 내 어깨를 꼭 붙들고 이렇게 말했다.

"다시는 그런 행동을 해서는 안 돼. 그 누구 앞에서도."

"아슈 앞에서도?"

"아슈 앞에서도."

딩시 우리 가족은 쫓기는 신세였기에 무수히 많은 위험한 순간들을 겪었다. (무엇으로부터 도망쳤는지는 전혀 알지 못한다.) 그 가운데는 돈이 떨어지거나 아슈나 내가 차례로 병이 나는 바람에 정말이지 아찔한 날들을 지날 때도 있었지만, 엄마가 그날처럼 걱정스러운 얼굴을 하는 것은 처음이었기에, 나는 엄마의 당부를 마음에 새기게 되었다.

나는 현관문을 열고 들어가던 엄마에게 혹시나 하는 마음으로 이렇게 물어보았다.

"엄마한테도?"

엄마는 허리를 낮춰 내 뺨을 쓸며 이렇게 대답했다. 엄마는 언제 그랬냐는 듯 다시 평소의 다정한 얼굴을 되찾은 모습이었다.

"엄마는 괜찮아. 엄마에게는 뭐든 이야기해도 괜찮아."

아빠와 아슈도 너무나 사랑하지만, 역시 세상에서 엄마가 제일 좋다고 생각했다. 나도 나중에 자라서 엄마 같은 여자가 될 수 있다면 얼마나 좋을까? 아빠는 항상 '네 엄마는 세상을 바꾸는 사람이야.'라고 입버릇처럼 말했었다. 엄마 같은 여자가 되고 싶다는 그 꿈은, 내가 꾼 유일한 꿈이기도 했다. 지금 그 꿈은 내게서 아주 먼 곳으로 도망쳐 버렸다.

그날 새벽, 엄마와 아빠는 잠자리에 들었던 아슈와 나를 거칠게 흔들어 깨웠다. 아빠는 아슈의 손을 잡고, 나를 안은 채 달리고 또 달렸다. 나는 아빠의 어깨 너머로, 뒤에서 우리의 옷가지를 꼭 껴안고 달리는 엄마의 흔들리는 얼굴을 보고 있었다. 나를 끌어안은 아빠의 심장은 곧 터지기라도 할 듯 숨가쁘게 뛰었다. 아슈는 아랫입술을 꼭 깨물곤, 아빠의 손에 거의 매달리다시피 한 채 젖은 얼굴을 하곤 꾸역꾸역 달렸다.

우리를 보육원 담장 안에 억지로 밀어 넣은 엄마와 아빠는, 다시 돌아오겠다는 약속과 함께 우리의 목소리가 닿지 않는 먼 곳으로 떠나 버렸다. 그날은 그렇게 내가 살던 세상이 처음으로 무너진 날이 되었다.

뜬눈으로 밤을 지새우는 동안 나는 혹시, 내가 죽은 사람을 본다는 걸 알게 된 엄마가 아빠와의 고민 끝에 나를 버린 게 아닐까 하는 생각도 해 보았지만, 그랬다면 아슈까지 버려질 이유가 없기 때문에 그건 사실이 아닐 거라고 억지로 마음을 고쳐먹었다. 물론, 아슈에게는 이런 바보 같은 걱정을 털어놓지 못했다.

보육원에서는 오직 아슈하고만 어울렸다. 수녀님이나 아이들이 말을 걸면 아슈가 나를 대신해 대답했다. 나는 보육원 사람들과 말을 하는 게 너무도 싫어서, 항상 아슈가 앞장서서 떠들도록 내버려 두었다. 그곳의 사람들과 말을 섞었다가는, 정말로 그곳의 것이 되어 버릴 것만 같았기 때문이었다. 나는 버림받은 아이들의 세상에 속하고 싶지 않아 나름의 몸부림을 쳤다. 물론 그 반항하는 마음은 오래가지 않아 숨이 죽었다.

그곳에서 아슈는 나보다 더 잘 견뎠다. 그리고 먼저 입양이 되어 떠났다. 어른들은 우리에게 인사를 할 충분한 시간을 주지 않았다. 물론 시간이 주어졌다고 한들, 태어났을 때부터 모든 순간을 함께 해온 쌍둥이 형제와 '서로 다른 부모'를 가지게 되는 충격과 슬픔이 조금이라도 작아지는 일은 일어나지 않았을 것이다.

그날은 내 세상이 두 번째로 무너진 날이었다. 나를
지켜주는 하나 남은 존재가 너무도 먼 길을 떠났기
때문이었다.

아슈는 감성적인 아이였기에, 나는 그가 받을 상처를
상상하며 마음이 찢어짐을 느꼈다. 입양 과정에서
우리에게 의사를 묻는 사람은 아무도 없었다. 수녀님들은
아슈에게 큰 행운이 찾아온 것처럼 말했다. 아무래도
어른들은 부모 없는 아이를 입양하는 것만으로 세상을
구한 것이라 생각하는 것 같다. 하지만 나는 한 번쯤 묻고
싶다. 그렇게 구한 것이 우리의 세상인지 아니면 어른들의
세상인지.

아슈가 떠나고 한참이 흐른 뒤, 그 자그마한 얼굴과
목소리가 흐릿해질 때쯤, 나는 한국이라는 먼 나라로
보내졌다. 선교 일로 인도에 왔던 한 젊은 부부가 나를
입양한 것이었다. 나는 그대로 인도를 영영 떠난다면
아슈와 다시는 부모님을 찾을 수 없으리라 생각했다.
나는 원래 살던 보육원으로 되돌아가기 위해 할 수 있는
유일한 일이 무엇일지 곰곰이 생각해 본 다음, 생각을
행동으로 옮겼다. 나는 그렇게 엄마와의 약속을 어기고,
항상 죽은 자들을 찾아 헤맸다. 그들의 뽀얀 쌀밥이나
복잡한 언어, 그리고 성경은 단 한 숟갈도 떠먹지 않았다.

하지만 세상은 작은 소녀가 계획하는 대로 흘러갈

만큼 허술한 곳이 아니었다. 전염병이 번지기 시작했을 즈음, 가정 보육이라는 것이 생겼다. 그날부터 '그들'은 나를 유치원에 보내지 않았다. 어느 날에 나는 골방에 갇혔다. 어느 날에는 조금 맞았다. 어느 날에는 아무것도 먹지 못했다. 그리고 어느 날부터는 아무도 찾아오지 않았다. 나는 빈집에 혼자 남겨져, 나의 존재를 가장 작게 뭉친 채로 숨만 쉬고 있었다. 그러던 중 웬 '구원의 손길'이 나타나, 내 몸에 바코드를 새기고 고향에서 가장 먼 곳으로 떠나는 배에 태운 것이었다.

　　오렌지 타운이 지어진 지 얼마 되지 않았을 때였다. 나는 그 섬에 이주하게 된 거의 최초의 어린이 중 한 명이었다. 긴 잠에서 깨어났을 때는 이미 제2공장의 교육실이었다.
　　멍하게 앉아 있는 우리를 내려다보던 안내원은 이렇게 말했다.
　　"이제 여러분은 울지 않는 아이가 되었어요. 마마와 파파의 말을 잘 들으면, 모든 것이 괜찮을 거예요."
　　심장을 건전지로 교체한 것 같았다. 물이 고인 강, 뿌리가 없는 나무, 새소리가 나지 않는 숲처럼, 그건 정말 어색한 풍경이었다. 나와 아이들은 그렇게 마마와 파파의 충실한 부품이 되었다. 그 어떤 아이도 불평 없이 맡은

일을 해냈다. 오렌지 타운은 훌륭하게 돌아갔고 우리는
세상을, 세상은 우리를 잊는 듯했다.

　그곳에서 엄마와 아빠, 아슈의 얼굴은 하루가 다르게
빛이 바래갔다. 그리고 나는 더는 죽은 사람들을 예전만큼
선명하게 보지 못하게 되었다. 그것들은 이제 희미하게
느껴질 뿐이었다. 다만, 바다 건너에서 무언가 음침한
일들이 일어나고 있다는 것만은 알 수 있었다. 그 느낌은
때로는 비명으로, 때로는 울음소리로, 때로는 서늘함으로
다가왔다. 나는 몇 번이고 엄마와 아빠, 아슈를 떠올리며
기도를 올리려 해 보았지만, 번번이 실패했다. 심장은
매번 덜컹거리며 그 무엇도 마음을 다해 떠올리지
못하도록 게으름을 피웠다. 그렇게 나는 조금씩 죽어갔다.　112
한나가 나타나기 전까지.

　제1공장에 배정받아 매일 영혼 분류 작업을 하던
날들이 이어지는 중이었다. 손이 서툴러 늘 말썽을 부리는
동료 아이 하나가, 영혼 조각들 사이에서 그리움의
영혼을 꺼내겠다고 휘적이다가 그만 조각들이 한데
뭉쳐지는 일이 일어난 것이었다. 그러자 믿을 수 없는
광경이 펼쳐졌다. 그 조각들은 커다란 하나의 덩어리가
되더니, 오묘한 보랏빛의 나비로 변하며 커다란 날개를
펄럭이기 시작했다. 순간 나는 마치 해야 할 일을 정확히
알고 있었던 것처럼, 그 나비를 죽은 듯 누워 있는

여자아이의 가슴팍으로 천천히 밀어 넣었다. 한나는 곧 잠에서 깨어났고, 울음을 터트렸다. 나는 홀로그램 경비가 그 모습을 볼까 싶어 재빨리 그 아이의 입을 틀어막았다. 주변의 아이들은 눈치를 한번 살핀 뒤, 다들 무슨 약속이라도 한 듯, 모른 척하며 하던 일에 집중했다. 로봇처럼 마마와 파파의 충실한 노예가 되었던 우리들의 마음에 아주 작은 균열이 일어난 것은, 아마 그때가 처음이었을 것이다.

한국에 살았던 일 년 남짓한 시간 동안 나는 한국말을 거의 배우지 못했기에, 우리는 귀에 부착된 번역기로 대화했다. 때때로 그 아이의 입에서 아는 한국어 단어인 '엄마', '고양이', '배', '바람', '파도', '바다' 같은 말들이 나오는 것을 보기도 했다. 한나는 노래를 지어 부르는 것을 좋아했다. 그리고 툭하면 울었다. 그리고 자주 악몽을 꿨다. 아무도 울지 않는 이 섬에서 그 아이의 울음과 그 아이가 꾸는 꿈들은 내게 작은 희망이 되어 주었다.

이제 그 아이는 가장 먼저 이 섬을 떠나고 있다. 이건 내가 겪는 세 번째 이별이다. 하지만 이번만큼은 세상이 무너지도록 두고 보지만은 않을 것이다.

어느새 나타난 캡틴 R이 곁에 다가와 선다.

내가 그에게 말한다.

"당신은 '거의' 살아 있는 것 같아요."

"실제로도 '거의' 살아 있어. 율의 놀라운 능력 중 하나지. 그 아이는 굉장한 상상력을 가졌거든."

"율……."

그때, 타운이 있는 동쪽에서 폭발음이 들려온다.

"무슨 일이에요?"

"마마와 파파가 아이들을 잡아들이기 위해 로봇 개들을 작동시켰어."

"그게 무슨 말이에요?"

"네 쌍둥이 형제가 나타나 그들이 수년 동안 모은 공기주머니를 모조리 터뜨려 버렸거든!"

캡틴이 손가락으로 가리키는 곳을 쳐다보자, 색이 다른 네 마리의 나비가 날아오는 것이 보인다. 나비들은 내 주위를 빙빙 돌다 하나씩 차례로 가슴으로 들어온다. 나는 잠시 숨 쉬는 것을 잊는다. 한 마리의 나비가 심장을 파고들 때마다 손끝과 발끝이 저리고, 배가 간지럽다. 그리고 빗방울이 후드득 땅 위로 떨어진다. 그게 빗방울이 아니라 내 눈에서 떨어지는 눈물방울이었다는 걸 깨닫기까지는 시간이 조금 걸렸다. 나는 왜 우는지도 모르는 채로, 계속해서 눈물방울을 떨어뜨린다.

"믿을 수가 없어요……. 내가 울고 있어요."

캡틴이 말한다.

"그것보다, 율이 네가 여기 있는 걸 아는 것 같아."

"어떻게요?"

"그야 너희는 영혼으로 이어진 쌍둥이니까. 너도 이제 마마와 파파의 마법에서 해방되었으니, 그를 더 잘 느낄 수 있겠지."

나는 눈을 감고 아슈의 얼굴을 떠올린다.

'아미타!'

나는 언덕 아래를 쳐다본다.

방파제의 끝, 여자 한 명과 우두커니 서 있는 자그마한 소년이 있다. 소년은 쓸쓸한 모습으로 돛단배들이 멀어지는 풍경을 바라보는 중이다. 새로운 이름과 새로운 부모가 생겼고, 나와 다른 언어를 쓰는 쌍둥이 오빠.

이곳에서 족쇄가 채워진 그 모든 시간 동안, 하얀 천으로 덮어 놓은 그의 기억들이 다시 원래의 색을 되찾는다.

아슈의 뒷모습을 보고 있자니 현실이 아닌 것만 같다.

당장이라도 달려가 그를 끌어안고 싶다. 그리고 말해주고 싶다. 너를 오랫동안 그리워했다고. 네가 보육원을 떠난 그날 이후로 단 하루도 너를 잊은 적 없다고.

'아슈. 내가 여기 있어.'

머리 위로는 수십 마리의 나비 떼가 날고 있다. 그 나비들은 한나와 아이들이 탄 돛단배들을 쫓아 힘찬 날갯짓을 펼친다.

'날아라, 날아. 예쁜 나비야!'

그때, 지금까지 들은 것 중 가장 커다란 폭발음이 들린다. 마음을 정하기도 전에, 내 두 발은 누가 시키기라도 한 듯 타운을 향해 힘차게 달리기 시작한다. 마음 깊은 곳에서 용기가 기지개를 켠다. 무엇이든 할 수 있고 될 수 있다는 용기다. 나는 그토록 부러워했던 바다새처럼 자유롭게 섬을 누빈다. 달릴 수 있는 두 다리가 있다는 걸 처음으로 깨달은 것만 같다.

시원한 바닷바람이 아슈와 엄마, 아빠에 대한 그리움을 실어 나른다. 나는 살아 있고, 모든 것을 기억하고 있고, 사랑은 내가 부재했던 모든 시간 동안 그 자리에서 나를 기다려 주었다. 나는 맹세한다. 다시는, 그 무엇도 내 영혼을 멋대로 조각내도록 허락하지 않을 것이다.

나는 이제 커다란 나무를 기어오른다. 나무의 꼭대기에 앉으니 타운이 한눈에 내려다보인다. 쓰러졌던 아이들이 로봇들에 의해 회수되는 중이다. 마마와 파파는 아무 일도 없었다는 듯 다시 섬을 재가동할 것이다.

건너편 나뭇가지에 캡틴 R이 다시 모습을 드러낸다.

"왜 율을 보러 가지 않았지? 그 아이가 탄 잠수함이 섬을 떠날 채비를 하고 있어."

내가 대답한다.

116

"우리는 다시는 헤어질 수 없어요. 당신 말대로 영혼으로 이어져 있으니까."

"정말 못 말리는 쌍둥이군."

"내가 그 아이를 다시 찾을 거예요. 모든 것이 제자리를 찾은 평범한 세상에서."

"모든 것이 제자리를 찾은 평범한 세상이라……."

"아슈, 아니 율이 당신에게 준 임무가 뭐랬죠?"

"잃어버린 아이들을 되찾아 가족의 품으로 무사히 돌려보낸다."

"좋아요."

"이봐. 어째서 이 심각한 상황을 두고 웃고 있는 거지?"

"제가요?"

나는 나무 아래로 풀쩍 뛰어내린다.

'아미타!'

율이 나를 부르는 목소리, 잃어버렸던 목소리가 다시 들리기 시작한다. 그 목소리는 힘 좋은 바람처럼 나를 가볍게 들어 올린다.

'율. 나를 기다려줘!'

공기주머니
행복연구소

2023년 11월 20일 초판 1쇄 발행

지은이 엘라 사리, 안비
일러스트 문정인
디자인 서주성
펴낸곳 리앙
출판등록 2020/06/10 제2020-000008호
전자우편 rienbooks@gmail.com

이 도서는 한국출판문화산업진흥원의
'2023년 우수출판콘텐츠 제작 지원' 사업 선정작입니다.

ISBN 979-11-971429-2-5(43810)